마음을 썼다
내가 좋아졌다

재인과 바티에게,

사랑과 감사를 담아

마음을 썼다
내가 좋아졌다

소은성 지음

보이지 않는 마음을 보이는 언어로 옮길 때 생기는 일

whale books

파도에 떠밀려서야 얻게 된 확신

정말 좋은 이유가 없다면 절대로 모험을 거절하지 말라는 말을 좌우명 삼아 살고 있다. 좋아하는 작가 리베카 솔닛의 말이다.

글쓰기에 관한 책은 결코 쓸 수 없다고 오래 체념해왔다. 그것은 내가 확신없는 인간으로 살아왔기 때문이다. 내게 글쓰기 책은 어쩐지 성공의 이미지를 지니고 있었다. 독자에게 어떤 행위를 권하는 책을 쓰려면, 스스로가 더 선언가다워야 한다고 생각했다. 권유에는 강한 확신이 있어야 하며, 가이드는 명료해야 한다고. 말하자면 이런 거다. 나만 따라오면 성공할 수 있다는 확신을 풍기며 행렬을 인도해야 하는데, 나는 그런 사람이 결코 될 수 없을 것이라는 공고한 확신.

한 줄도 쓰지 못하는 날에는 책 속으로 숨어든다. 어느 밤에 록산 게이의 《헝거》를 읽었다. 쉬지도 못했고 잘 수도 없었다. 그렇게, 성난 파도에 밀려서 어디로 가게 되는 느낌은 독서의 기쁨 중 하나다. 어떤 일은 말끔한 결심으로는 해내지 못하고, 파도에 떠밀려 허우적거리듯 이루게 된다. 한동안은 어딜 가든 그 책을 지니고 다녔다. 어떤 책은 모험을 이끈다. 사람이 더 멀리 가게 한다. 먼 길을 떠날 때 지도를 한 장 챙겨 넣듯, 내게는 이 책이 그러했다.

여성들이 모여 자신의 이야기를 쓰도록 하는 수업을 꾸렸다. 그들과 부대껴 말하기와 읽기, 쓰기를 하는 동안 다른 나라에 살게 된 기분이었다. 당시에 해외 이주를 계획하고 있었는데, 내가 나고 자란 나라에서 드디어 가장 사랑할 수 있는 존재를 만나게 되었다는 사실이 아이러니했다. 수업을 마칠 때마다 한국에 계속 살고 싶다는 마음이 들었음을 이제야 고백한다.

수업을 통해 얻은 체험과 사유를 한 편씩 써 나갔다. 솔직한 고백을 쏟아낼 때마다 광장에 일기장을 두고 오는 마음이 되어 포기하고 싶었으나, 그럴 때마다 글 쓰는 친구들과 학생들의 피드백이 구명보트가 되어주었다. 자기 서사를 쓰고 읽히는 일은 스스로를 구하는 동시에 다른 이들에게 구원이 될 수도 있다는 배움을 실천할 수 있었던 건 모두 여자친구들의 힘이었다. 나의 이야기를 쓴다는 사실 안에서는 강사와 학생도 같은 길을 걷는 친구다. 소글워크숍에서 자기 삶의 이야기를 나눠준 친구들과 씀씀작업실의 친구들, 신여성작업실의 친구들에게 온 마음으로 깊은 감사를 전한다.

다시 솔닛의 말을 인용하자면, 모험을 거절하지 말라는 문장에 따른 부연은 이런 것이다. 세상에는 집과 학교, 사회에서 가르치는 규범 속에서 도무지 자신의 이야기를 발견할 수 없고, 나의 이야기를 찾기 위해 먼 길을 떠나야 하는 사람들이 있다. 그리고 그런 사람들은 자신을 새로 만들어내야 하기 때문에 멀리 여행한다. 자신의 집을 새로 발명한다. 물려받은 집을 태우고, 맨땅에서부터 집을 새로 짓는다. 이것은 글쓰기에 대한 은유이기도 할 것이다.

글쓰기는 먼 길을 떠나는 여행인 동시에 집을 짓는 일이기도 하다. 길 위에서 새로운 친구를 만나고 아름다운 것들을 볼 것이다. 숨을 거두기 전까지는 최선의 상태로 살아 있고 싶다는 욕망을 얻게 될 것이다. 그리고 당신이 지은 집은 당신이 이제서야 제대로 쉴 수 있도록 할 것이다. 여행과 정주라는, 얼핏 모순되어 보이는 두 단어가 글쓰기 안에서는 공존한다.

이 책을 쓰면서 몇 번이고 없던 일로 할까 싶은 때가 있었지만, 가족과 친구들이 함께 가자고 말해주었다. 당신이 말을 하고 글을 쓰기 시작하면 그런 친구들이 주위로 모여들 것이라고 나는 이제서야, 확신한다. 확신이 생겨났다. 쓰는 동안에, 천천히 만난 기적이다.

차례

| 1 | 부 | | 마 | 음 | 을 | | 보 | 는 | | 일 | |

당신의 마음에는 이유가 있다. 쓰려거든 그 이유를 들여다 보면 된다.

	2	부		마	음	을		쓰	는		일		

당신의 불안에 이름을 붙여주자, 불안에 언어를 만들어주자.

1부

마음을 보는 일

당신의 마음에는 이유가 있다.
쓰러거든 그 이유를 들여다 보면 된다.

당신의
글쓰기 버튼은
무엇인가요?

– 무엇에 안달 나고,
  무엇과 싸우고 싶고,
  무엇이 진짜 같은지

영 다른 길로 갈 뻔한 적이 있다. 한때는 객관적 정보가 가지런한 여행글이나 '프리랜서 기자 되는 법 A-Z'라는 타이틀이 적힌 계약서를 보며 전전긍긍하곤 했다. 그 앞에서 내가 듣는 설득은 대개 이런 말이었다. "강사 프로필에 굵은 글씨로 기록할 자랑스러운 경력이 되며, 기업 강연료도 오르고, 강연 때 책을 팔 수도 있어요. 책을 보고 강의에 찾아오는 수강생도 늘 것이고 무엇보다 페이스북 프로필에 작법서 사진을 올리면 일종의 명함 역할을 하죠. 강사를 먹여 살리는 책이란 뜻이에요." 매달 잡지 마감도 했는데 충분히 해낼 수 있겠지, 뭐 달리 어려울 게 있겠냐는 심산으로 덜컥 계약을 했는데 웬걸! 완전한 착각이었다. 나를 거의 드러내지 않고 여러 가지 방법론을 일목요연하게 설명하는 책의 목차를 외면하는 동안에도 자발적으로 쓰게 되는 글의 버튼은 사람의 마음에 관한 것이었다. 사람들 사이에 오가는 대화의 불완전함, 관계 맺기에 대한 용기 등등.

처음에는 나의 글쓰기 버튼을 좀 멋쩍어했다. 미묘한 감정을 포착해 장면화하는 에세이스트들의 공통적인 곤란이기도 할 텐데 요즘 뭘 쓰냐는 질문에 담백하게 대답하기가 어려웠다. "생일 케이크를 마주 보면 속마음과 다르게 '이런 것 좀 하지 마!' 하고 퉁을 주거나 생일 선물을 내밀면 '이런 비싼 건 뭐하러 샀어!' 하는 사람들에 대해 애정을 가지고 관찰하고 있어. 그 마음을 글로 써보려고"라고 대답해봐야 "아……그렇구나. 열심히 써"라는 뜨뜻미지근한 반응밖에 얻을 수 없지 않은가.

책 한 권을 마무리한 뒤에야 그것이 사랑받고 싶지만 먼저 사랑한다고 말하기를 어려워하는 사람에 대한 관심이란 것을 알았다. 대화의 불완전함, 관계 맺기에 대한 용기 등에 관한 내용이라는 것을 깨달았다.

글쓰기 버튼을 알기 위해서는 시간이 걸린다. 글쓰기의 자연스러운 쾌락을 배운 적 없다면 최소 1년쯤. 잘 쓴 글이라는 평가를 받지 못했다면 그건 못 쓴 글이라는 흑백 논리로부터 벗어나는 데도 부단한 노력이 필요하다. 나다운 글인지 아닌지에만 집중하게 되면 글쓰기의 즐거움 안에서 유영할 수 있다.

나의 글쓰기 버튼은 언제나 슬픔과 혼돈이었다. 그런 것에 대해서는 아무리 써도 지치지 않았다. 글의 시작은 언제나 감정의 정체를 알고 싶어서다. 솔직히 말하자면, 이미 다 아는 것에 대해서는 쓰고자 하는 욕구가 수그러들기 때문에 차분하고 통찰력 넘치는 글을 쓸 기회를 매번 놓쳤다고 생각한다. 어쩔 수는 없다는 것, 그게 나라는 것도 받아들였다. 자기수용과 자기사랑이라는 선물을 글쓰기가 줬다고 해야 할까? 하지만 완전히 몰입할 수 있고 나를 행복하게 하는 글을 쓴다는 사실이 그 글을 사랑받고 싶은 갈망조차 잠재워주는 것은 아니다. 사랑받고 싶은 건 자연스러운 감정이니까. 글을 쓰는 사람이라면, 작가로 살겠다 다짐한 사람이라면 이 모순을 평생 끌어안고 살 것이다. 그래도, 그럼에도 자꾸만 고개를 젓는다. 그 모든 엄격한 강령을 잊으려고 고개를 흔든다. 쓰는 동안만은 오직

나 자신에게 충실하자는 것이 글쓰기에 대한 나의 순정이다.

"전쟁이 났습니다. 지금 당신이 글을 쓸 이유가 없는데도 포화 속에서 기어코 종이와 펜을 찾아내 쓰게 된다면 그 글은 어떤 내용일까요? 해야 할 일이 산더미처럼 쌓여 있을 때에도 홀린 듯이 빠져들어 쓰게 되는 건 뭘까요?" 내가 수업 시간에 자주 하는 질문이다. 그 감정을 따라가라고, 그게 당신의 지도라고 나는 감히 말한다.

우리 모두는 다채로운 색깔의 쓰기 버튼을 지니고 산다. 더 우월한 욕구는 없다. 그러니 남의 버튼과 나의 버튼을 절대로 비교하지 말자. 그건 글 외의 다른 것들만으로도 충분하다. 나처럼 감정에 대해 쓰기를 좋아하는 사람도 있지만 정보를 공유하고 싶은 이타심이 버튼인 사람도 있다. 둘 사이에는 경중이 없다. 자신의 글을 통해 다른 사람들이 변화하기를 원하는 버튼도 있고 자기 자신과 화해하기 위한 버튼도 있다. 좋은 것을 널리 나누고 싶어 하는 마음도 버튼이다. 누군가는 자신처럼 고군분투할 젊은 사업가를 격려하기 위해 소액으로 장사 잘하는 방법을 100가지로 정리해 쓴다. 누군가는 아버지를 추억하기 위해서, 충분히 애도하지 못한 안타까움을 해소하려고 쓴다. 누군가는 자신이 본 황홀한 여행지의 풍경을 휘발되는 말이 아닌 글로 사람들에게 전해주고 싶어서, 머 뭇거리거나 망설이지 말고 그곳에 꼭 가라고 설득하고 싶어 서 쓴다. 누가 시키지 않아도, 누가 잘 썼다고 추어올리지 않 아도 완전히 몰입해서 쓰게 되는 글. 그것이 무엇인지 발견하 면 글쓰기는 당신을 지켜주는 평생의 친구가 된다.

뭘 쓰고 싶어 안달이 나죠?

뭘 쓰면 그 글을 위해 싸우고 싶어져요?

뭘 쓰면 당신이, 진짜 당신이 된 것 같나요?

그것에 대해 쓰고 있다면,

완벽한 구조를 갖추지 않아도 되고,

미완이어도 되고,

어떤 형식이 없어도 됩니다.

길어도 되고, 짧아도 되고,

서툴러도 되고 이기적이어도 괜찮습니다.

오늘의 글쓰기는 그것만으로 충분하다.

그냥
딱
10분만
달리고 와서
쓰자

– '너무너무 잘하고 싶어 죽겠는'
   인간형을 위한
   연습용 마인드

드디어 나도 운동인이 되었다. 100퍼센트 자발적이라고
보긴 어렵다. 허리가 망가져서 1:1 필라테스 수업을 받게 되
었으니까. 지난가을, 숨만 쉬어도 아픈 허리를 부여잡고 "살
려주소서" 하는 심정으로 고액의 수강권을 끊었다. 그때부터
올해 봄까지 매주 두 번 혹은 세 번, 아침 한 시간씩 트레이너
와 보낸 시간은 난생처음 느껴보는 감각 파티였다.
   세상에, 몸의 근육을 효과적으로 움직일 수 있게 되면서
새로운 세계를 조우한 것 같았다. 운동을 좋아하는 사람이라
면 너무나 익히 아는 감각일 듯해 민망하지만, 태어나서 제대

로 된 트레이닝을 처음 받아보는, 아니 운동이란 것을 본격적으로 처음 해보는 나 같은 사람에겐 아주 상투적인 표현으로 '봉사가 눈 뜬 것'과 같은 환희였다.

물론 실상은 갈 때마다 아주 지겨웠다. 매번 재미가 있었다면 그게 더 이상하지 않은가? 내가 그런 사람이었다면 이 나이까지 운동의 운도 몰랐을 리 없을 테니까. 다만, '열심히 하는 것'의 새로운 정의를 알게 된 것은 몹시 즐겁고 새록새록했다. 삶의 지향에 큰 변화를 주었다.

태어나 살아오면서, 내가 아는 '열심히'의 포즈는 줄곧 이랬다. 북한 뉴스 장면을 떠올리면 이해하기 쉬울 것이다. 그 강력한 에너지! 두 눈을 부릅떠야 하고, 눈썹에 힘을 주어야 하며, 양 어깨는 한껏 치켜올린 채 호령한다. "나는 태릉인이다!" 에너지를 몰아서 써대니, 언제는 카리스마가 넘치는 모습이었다가 금세 쪼그라들어 좀비가 되었다가 하는 인간형으로 평생을 살아왔다.

그런데 어렵쇼? 그럴 때마다 필라테스 기구가 이상하게 휘거나 손에서 떨어져 나갈 듯했다. 그때마다 트레이너는 나를 멈춰 세웠다.

"은성 님, 포즈 다시! 필라테스는 '그렇게' 힘을 주는 운동이 아니에요."

나는 속으로만 중얼거렸다. '아, 쌤. 그렇게가 뭔지 모르겠어요. 제 평생 배워온 열심히는 빡! 딱! 빡! 인데요.'

알고 보니 필라테스에서 가장 중요한 것은 고르고 자연스럽게 호흡을 하는 것이었다. '숨 쉬는 척만 하지 않고' 제대로 깊게 숨을 들이쉬고 내쉬면서 유연하고 부드럽게 기구를 당기는 것. 그리고 그것을 같은 속도로 반복하는 것. '딱 한 번만 거창하게 잘하고 마는 것'은 언제나 교정의 대상이 됐다. 숨을 참고 근육에 힘을 모아서 '으랏싸싸!' 하고 당기는 것은 필라테스의 올바른 방법이 아니라고 했다.

마지막 수업에 다다르기 전까지 늘 머릿속이 엉켜 있었다. 몸에 힘을 쓰되 과하게 힘을 주지 않는 게 무엇인지 도무지 파악이 되지 않아 시종일관 대혼란 파티.

게다가 열심히 하자!라는 생각조차 운동 중에는 잡념이었다. 그런 쓸데없는 각오를 되뇌다 보면, 억울하게도 스텝이 엉킬 뿐이었다. 아, 정직한 몸님! '생각'은 호흡을 거꾸로 만들고 감각을 꼬아놓았다. 내쉴 때 들이쉬고 오른손을 들라고 할 때 왼손을 들었다. '스타아아압'을 '스타아아트'로 들어서, 난

데없이 나 홀로 새로운 동작을 선보였을 때는 급기야 헛웃음이 터졌다.

선생님, 저도 제가 너무 웃겨요. 어허허허허허허!

마지막 수업에서야 나는 마음을 비웠다. "웬일입니까? 무슨 약이라도 드시고 오신 겁니까?" 트레이너가 놀라 물었다. 수업이 끝난다고 생각하니 그제야 머릿속이 단순해졌다. 김연아 선수의 "(연습할 때) 무슨 생각을 해? 그냥 하는 거지"라는 말을 이해했다. 그냥 했다. 아, 무, 생, 각, 없, 이.

내가 올림픽에 나갈 것도 아니고 타고난 운동감각이 전국 최저에 가까우니 갑작스레 잘하게 될 리도 없고. 그렇다면 욕심 부릴 것도 궁리를 할 것도 없다. 그저 매일 한 시간씩, '내가 운동을 안 하면 성 안에 갇힌 공주가 풀려날 수 없다(건강 문제로 매일 50분씩 러닝머신을 달리지 않으면 몸져눕는 선배가 늘 한다는 생각)'는 마음으로 반복, 반복, 반복뿐이다.

계속 트레이닝하다 보면 사후에 걸작 한 편 남기겠죠? 아니면 말고!

나는 너무너무 잘하고 싶은, 그래서 아예 시작을 안 하는 인간으로 평생을 살았다. 왜일까?

잘하고 싶으면 생각 과잉이 되는 버릇이 있었다. 생각을 너무 많이 하면, 시작도 전에 탈진 상태가 되었다. 뇌를 쉬기 위해서 잠깐 손을 놓았는데 1년이 훌쩍 지나 시들해져버린 프로젝트가 한둘이 아니었다.

과잉된 생각이 무엇인지 분석해보았다. 불안해지면 잡념이 생겨난다. 이 잡념의 베이스는 '걱정'이었다. 필라테스를 할 때 동작이 어렵고 쇠로 만든 기구가 무서워지면 여지없이 걱정이 찾아들고 그러면 오만 가지 잡생각이 끼어들었다(심지어 운동 마치고 장 볼 리스트를 짜기도 한다. 어묵, 고사리, 파프리카, 두부……). 무서워서, 불안해서, 잘 안될까 봐, 다칠까 봐, 계속 딴생각을 한다. 머리가 안 비워진다. 부정적 감정에 대한 회피 반응이다.

결국 너무 잘하고 싶어서 준비를 아주 철저히 하고자 한 일은 하나도 이루지 못했고, 우연히 시작한 일로만 인생을 꾸렸다. 얼결에 시작해서 결국 잘하게 된 일은 공통점이 있었다. 욱하는 마음에, 계획 없이, 무작정 시작했다는 것이다. 자료 조사와 계획 세우기는 천천히 해나가며 보완했다. 다만 주기적으로 날 점검해 포기하지 않게 도와주는 동료를 곁에 두었다. 그들 덕에 충분한 시간을 두고, 아무 생각 없이 계속해

나갈 수 있었다. 그것뿐이었다. 그 과정에서 세상의 거의 모든 일이 그러하다는 걸 알게 됐다. 단순하게, 무심하게 할수록 잘하게 된다. 물론 그러기 위해서는 꼭 지켜나가는 루틴을 만드는 게 필요하다.

글쓰기도 마찬가지였다. 200퍼센트의 에너지를 쏟아부어 한 편을 쓰고 나가떨어진 일이 얼마나 많은지! 그리고 그 '1년에 한 편'은 결코 무엇도 되지 못했다. 연재물도 못 되고 책도 못 되고……. 기자 일을 할 때도 그랬다. 있는 힘을 다해 한 편을 써낸 뒤, 녹다운되어 누워버렸다. 정작 내가 정말 쓰고 싶은 에세이는 기운이 없어서 시작도 못 했다. 무척 후회가 된다. 그때 좀 슬렁슬렁 써내고 남은 에너지로 나만의 글을 쓰는 취미생활을 했다면 지금쯤 더 큰 작가가 되었을 텐데(라고 믿어보기로 하자).

엄청난 비법을 알려줄 것처럼 홍보하는 작법서는 많다. 물론 도움이 된다. 하지만 글쓰기 비결을 열 개 습득하는 것보다, 하나를 골라 열흘을 지속하는 게 훨씬 효용이 높다. 필라테스 잘하는 방법 영상을 열 개 보는 것보다 한 개만 보고, 열 번을 해보는 게 당연히 효과적이듯이.

오늘도 생각한다.

마라톤에 나갈 수 있을지, 성미산을 다 돌고 올 수 있을지, 그것도 아니라 10분을 넘길 수 있을지. 에라 나는 모르겠고, 날씨도 좋으니 그냥 딱 10분만 달리고 올까? 하며 운동화에 발을 꿴다.

유명한 작가가 될 수 있을지, 이 글이 완성도가 있을지, 누가 나를 좋아해줄지, 독자의 칭찬을 받을지. 에라, 내가 신도 아니고 알 수 없으니 그냥 딱 10분만 쓰자.

뽀모도로 타이머를 맞추고 한 시간이 훌쩍 지났다.

이렇게 50년을 살면 사후에 걸작 한 편 남길지도 모르지, 이번에도 아니면 말고.

너무너무 잘하고 싶어 머리가 터질 것 같은 사람에게는 슬프게도 기쁘게도 이 방법뿐이다. 딱 10분만 쓰자.

이걸 쓰면
내가
이상한 사람으로
보이는 게 아닐까?

– 걱정 붙들어 매쇼,
  사노 요코는
  그걸로
  밥 벌어먹고 삽니다

"지난 주부터 갑자기 글 쓰는 것이 신나고 편안해졌어요."
지현은 놀라운 비밀을 털어놓듯 말했다.
"사노 요코의 에세이를 한 번 읽고 난 뒤부터예요. 저는
원래 장난기도 많고 남의 뒷담화도 좋아하거든요? 지금까지
는 글에서 그런 면을 드러내면 안 된다고 생각했었어요. 그
런데 사노 요코는 세상의 짜증 나는 것에 대해 욕을 막 하더
라고요? 자신의 괴상한 면도 그대로 드러내고요. 그런 글을
읽으면 해방감이 느껴져요. 나를 가리지 않아도 되는구나 싶
어서 설레요."

글쓰기 수업 한 달 만에 자신의 글쓰기 동력 하나를 찾아낸 지현이 부러웠다. 허……, 나는 잡지기자로 수년을 살았건만 내 장점이 뭔지를 몰랐다. 그가 쓴 조각 글에서는 장난기와 짓궂음, 싫은 것을 끝끝내 물고 늘어지기 같은 매력이 흘러넘쳤다. 비판의식이 넘치는데 어둡지 않고 경쾌했다. 점잖고 모범적인 (그러나 자기의 정체성과는 거리가 먼 작가 말고) 자신 안에 이미 있는 개성이 극대화된 작가를 롤모델로 찾아내고 만 거다. 정말 멋졌다.

그중 가장 장난스러웠던 글은 춤 클래스에 꽂혀서 몸치 멤버들을 잔뜩 모으며 즐거워한 일을 쓴 내용이었다.

"생각해봐, 다 못해. 우리가 선생님을 완전 당황하게 만드는 거야!"

"그게 뭐가 재밌어?"

"아니야. 기다려봐. 진짜 재밌을 거야."

논리도 없이 그냥 우기면서, '시간은 많지만 뭘 할지 모르는 결정장애 사람들을 찾는' 자신의 모습을 묘사한 글이었다. 취미로 연극을 하는 그녀는 발성이 남달랐다. 타고난 성량과 확신에 가득찬 딕션을 장난에 소모하다니, 사노 요코의 거침없는 수제자 같았다.

속이려면 스스로를 믿어야 한다. 확신에 가득 차서 타인을 유혹한다. "생각해봐, 진짜 재밌을 거야. 어때?" 같은 말을 반복하며 상대에게 기회를 주는 척한다. 고민하려는 찰나를 놓치지 않고 또다시 '진짜 재밌겠지?' 같은 달콤한 멘트를 속삭인다.

보통 이 정도 쓰다가 '현타(현실자각타임)'가 오기 마련이다. '이런 것을 글로 써도 될까? 욕먹지 않을까? 괴상한 사람으로 보이지 않을까? 무릇 작가라면 이런 자신의 장난기를 감추거나 혹은 반성해야 하는 것 아닌가?'

일본의 유명 에세이스트 사노 요코는 이토록 솔직하고 시니컬할 수가 없다. 사노 요코의 에세이를 펴고는 '이런 걸 써도 되나' 싶은 것들에 밑줄을 쳐보자. 하! 모든 페이지에 쳐야 된다. 그러므로, 포기!

⋯ 오래전부터 느꼈지만 오사마 빈 라덴이라는 인물은 풍채가 훌륭하다. 철학적이며 지적인 모습이 기품 있고 평온하게 느껴지며, 눈에 깊이가 있다. 전 세계 사람들이 증오하는 사람이긴 해도. 부시를 보면 몹시 부끄러운 인류의 얼굴이라는 생각이 든다. 빈 라덴이 어떤 악당인지는 잘 모르겠지만 우리는 아무런 진실도 알지

못한다. 사고방식의 기준 따위, 적어도 나에게는 없다. 9·11 테러로 3천 여 명의 사람들이 죽었지만 아프가니스탄과 이라크에서는 4만 명 이상의 시민이 죽었다. 이런 게 정의인 걸까.

9·11 테러가 일어났던 미국 뉴욕 세계무역센터 앞에서 이야기했다간 당장 총알을 피할 수 없는 발언이다. 오사마 빈 라덴을 보고 '잘생겼다'는 불경한 생각을 해본 적 없느냐고 했더니 수강생들이 속 시원하게 웃었다. "확실히 눈에 깊이가 있네요.", "배우 얼굴이라고 생각했었어요.", "사노 요코 씨, 덕질 좀 하시네요." 말해보지 않은 것을 거침없이 내뱉으면, 온몸이 간질간질하니 기분이 좋다.

글에서 오사마 빈 라덴과 '인류의 수치' 부시 전 대통령의 외모를 비교하는 것은 글 후반부의 '이런 게 정의인 걸까'에 이르기 위한 장치인 걸까. 독자를 방심하게 하기 위한? 그럴 수도 있고 아닐 수도 있다. 작가의 의도를 우리가 알 도리가 있나. 에세이 읽기는 언어영역 시험이 아니다. 더욱이 사노 요코는 〈겨울연가〉 욘사마의 열혈팬이어서 이미 한국에 여러 차례 방문한 범상치 않은 인물이다. 사고방식의 기준이나 세계의 정의를 논함에 앞서, 그녀는 정말로 빈 라덴의 핸섬함에 대해 생각해봤을 법한 사람이다.

요코는 자기가 여자인지 남자인지 분간이 안 된다고 하면
서도 일흔에 가까워지니 거의 대부분의 남자가 귀엽다고 말
한다. 또 비록 자기는 섹스리스지만 누구라도 껴안을 수 있어
좋다고 한다.

··· 그렇다. 일흔이 가까워지니 거의 대부분의 남자가 귀엽다.
나는 섹스리스라서 할머니긴 해도 내가 여자인지 남자인지 분간
이 안 된다.
사람과의 대표 혹은 부처님, 그것도 아니면 악령일지도 모른다.
누구라도 껴안을 수 있다. 지금보다 서른 살 젊었다면, 20년 만에
만난 잘생겼던 남자를 현관에서 "잘 지냈어?" 하며 껴안지는 못
했을 것이다. 예전에는 변태 중년 여자라는 소리를 듣기도 싫었고
행실에도 신경 써야 했으며 태도도 분명히 해야만 했다. 그 남자
를 껴안으면서 '아아 당신도 잘 살아냈구나. 이 체온으로, 이 뼈로,
이 피부로. 사람은 사랑스럽고 그리운 존재구나'라고 생각했다.

자신을 섹스리스라고 말하는 대목에서는 너무 좋아서 책
을 껴안고 싶어진다. 비슷한 연령대의 여성 작가인데다 무척
유머러스했던 박완서 작가를 떠올렸지만, 이런 종류의 유머
를 구사하는 모습은 도무지 상상할 수 없다. 이번에는 미국의

소설가 존 디디온을 떠올렸다. 더욱 어렵다.

사노 요코는 급기야 신주쿠 지하도에 뒹굴대는 홈리스 아저씨가 부럽다고 말한다. '귀찮아. 나는 지진이 와도 도망치지 않을 거야.' 하지만 이내 아들 방에 들어가서 이성을 잃고 "이 팬티는 뭐야, 그 컵은 언제까지 거기 둘 거야. 너 돼지니? 돼지도 시간이 되면 똑바로 일어난다"고 꽥꽥댄다. 자신은 비록 게으르지만 아들은 성실하고 근면하길 바란다는 것이다.

작가의 태도는 유머에만 작용하는 것이 아니다. 슬픔과 비참함조차 그녀는 자신답게 다룬다. 유방암 선고를 받고 절제 수술을 받은 그녀는 수술한 다음 날부터 매일 담배를 피우러 집에 걸어간다. 자리 보전한 채로 한국 드라마를 보다가 턱이 틀어진다. 모은 돈을 털어 재규어를 지른다. 그 와중에 담당의가 아베 히로시를 닮은 엄청난 미남이란 점에 흥분한다. 사노 요코는 담배와 미남과 재규어에 대해 아주 길게 묘사한 뒤에 다음의 짧막한 단락을 등장시킨다. 내 인생이 시한부란 사실을 알게 된 후 평생 앓아온 우울증이 사라졌다는 통찰을 태연한 태도로 쓸 수 있는 사람이 얼마나 될까.

… 내게는 지금 그 어떤 의무도 없다. 아들은 다 컸고 엄마도 2년 전

에 죽었다. 꼭 하고 싶은 일이 있어서 죽지 못할 정도로 일을 좋아
하지도 않는다. 남은 날이 2년이라는 말을 듣자 십수 년 동안 나
를 괴롭힌 우울증이 사라졌다. 인간은 신기하다. 인생이 갑자기
알차게 변했다. 매일이 즐거워서 견딜 수 없다. 죽는다는 사실을
아는 건 자유의 획득이나 다름없다.

나는 저 이야기를 아주 안전하게 쓰는 방법을 수십 가지
는 안다. '인생이 유한하다고 생각하니 매분 매초가 소중하
다. 우울증마저 사라졌다. 남은 날이 귀하고 값지게 느껴지기
때문이다' 정도일 것이다. 하지만 저런 문장은 사노 요코만이
쓸 수 있다. 눈치 보지 않는 글쓰기다. 타인과 자신, 모두에게
당당하게.

수업을 하다 보면 쓰고 싶은 것이 없다거나 뭘 쓸지 몰라
서 그만두게 된다는 고민을 자주 듣는다. 그가 나의 친구라면
'야, 싫어하는 거 써. 나한테 투덜대지 말고 글로 쓰라고. 천일
야화가 될걸'이라고 말해준다. '음. 물론 네가 좋아하는 은유
작가님처럼 우아하고 품격 있는 글은 못 쓰겠지?'라며 킬킬
거린다.

독자의 마음을 힐링시키는 감성 에세이스트가 되겠다면

야 모르겠지만 비웃고 싶은 것, 짜증과 불평, 거슬림, 불편함과 불만 등을 쓰는 것만으로도 쓰기의 에너지가 차고 넘친다. 그것을 잘 쓰면 사노 요코가 되는 것이겠지. 비평의 달인은 거저 되는 것이 아니다.

우선 솔직해지자. 뭐가 싫은가요? 뭐가 거슬리나요? 뭘 가지고 킬킬거리고 싶은가요? 우리 모두가 좀 이상한 사람으로 보이면 어쩌나, 어리석은 마음을 들키면 어쩌나 싶은 '눈치 보기'를 거두면 어떻게 될까. 매일매일 쓸 것이 넘쳐서 시간이 모자랄 것이다. 글감이 없다는 말은 하지 않게 될 것이다. 그래도 여전히 욕먹는 게 두렵다면? 누구에게도 상처 주지 않는 착한 글을 쓰고 싶다면?

'이 거지 같은 세상에서 논란 없는 글을 쓰는 것은 반칙'◦이라고 대답하고 싶다.

◦〈책읽아웃〉 봉태규 님 출연분에서 김하나 에세이스트의 발언이었습니다.

글을 쓰다가
눈물이 흐르면
캐러멜을 먹자

– 아무도
당신의 고백을
비웃지 않는
곳에서

앞서 잠깐 언급한 대로 나는 글쓰기 수업을 운영하고 있다. 무려 '여성 전용 글쓰기 수업'이다. '여성 전용이라니, 역차별!'이라는 웃기지 않은 농담을 듣고 황당해하던 시기를 지나 이제 나에게 여성을 위한 글쓰기 수업은 자연스러운 정체성이 됐다.

지난 일기를 들춰 볼 때마다 웃게 된다. 대부분의 올바른 선택은 고심이 아니라 충동에 의한 결과였다는 사실에. 기관이나 기업에 가서 강연을 하는 게 아닌 내 공간에서, 소규모의 인원과 함께하는 글쓰기 수업을 기획하면서 '여성 전용'이라는 네 글자를 넣을 때도 그랬다. 내가 사랑하는 여성작가들, 록산 게이와 리베카 솔닛과 정세랑과 황정은을, 박완서와 윤이형과 배윤민정과 이민경과 이진송을 수강생들과 함께 읽는 순간을 상상하면 행복해졌다.

그러던 어느 날, 수강 신청 메신저에 남자 이름이 떴다(남자가 분명했다). 곤란함은 당혹감으로, 이내 불안함으로 바뀌었다. '어떻게든 수를 써야 해!' 그동안의 글쓰기 수업에는 여자와 남자의 비율이 9:1 정도였다. 수강생 전원이 여성인 경우도 흔했다. 너무 당연하게도 여성 수강생들만 상상하며 커리큘럼을 만들어왔다는 사실을 뒤늦게 깨달은 것이다.

미리 준비해둔 글쓰기 수업 읽기 자료 중에는《나쁜 페미니스트》로 잘 알려진 록산 게이의 자전적 에세이집《헝거》가 있었다. 발췌한 텍스트는 다음과 같은 내용이었다.

록산 게이는 어느 여행에서 비행기의 비상구열 창가 좌석에 앉는다. 그 좌석에는 팔걸이가 없어서 비교적 편하게 앉을 수 있다. 그런데 옆자리 노인이 말한다. "여기 앉으면 비상 상황에 사람들 도와야 하는 책임이 있는데 할 수 있겠어요?" 그러고는 비행기 내의 모든 사람이 들을 수 있을 만큼 큰 목소리로 승무원에게 자신의 좌석을 바꿔달라고 요청한다. 그녀는 당시의 감정을 이렇게 서술한다. "비행기가 이륙하자 나는 되도록 몸을 웅크린 채 최대한 남들 눈에 보이지 않게, 최대한 조용히 울었다."

록산 게이는 이 일화를 통해 말한다. "당신이 뚱뚱한 사람이고 여행을 해야 한다면 공항에 들어서는 순간부터 사람들의 못마땅해하는 눈초리가 당신을 따라다닌다. 몸이 커지는 것만큼 당신의 세계는 좁아진다."

나는 이 글을 한 기관에서 열린 글쓰기 수업에서 사용한 적이 있었다(당연히 내가 어떤 스타일의 수업을 하는지 모르고 신청한 사람이 대부분이었다). 읽는 내내 나는, 한 남성 수강생이 피식거리며 웃는 모습을 견디고 있었다. 대체 어떤 대목이 우스웠는지 모를 일이었다. 내가 오해한 것이겠지 싶어 그에게 한번 물어보았다. "이 글을 읽고 어떤 생각이 드셨나요?" 그의 대답은 이랬다. "글을…… 참 잘 쓰는 분이네요." 짧은 그 말 한마디가 끝이었다. 여전히 어떤 부분이 웃겼는지를 짐작할 수 없었다.

그의 말이 틀리진 않았다. 잘 쓴 글이라서 가져온 게 맞다.

할 수만 있다면 수강생들과 밤을 지새워 《헝거》에 대해 논하고 싶었다. 록산 게이는 이 책에서 어린 시절 겪은 성폭력과, 그 폭력으로부터 '안전하기' 위해 거대해진 몸, 그 몸으로 인한 고통과 상처를 생생하게 증언했다. 자료로 삼기 위해 쓴 글이 아니라 몸과 마음으로 쓴 글을 읽으면 나는 잘 살고 싶어진다. 작가는 삶의 아름다움이 아니라 고통에 대해 말하고 있는데도, 책장을 덮고 나면 세상이 아름다워보였다. 아주 다른 방식으로.

글을 잘 쓰고 싶어 하는 수강생들에게 스스로와 사투를 벌이며 그 체험을 사유하고, 사유를 온전히 표현하는 작가로서 록산 게이가 롤모델이 될 만하다 여겼다. 글을 쓸 때의 지긋지긋한 자기 검열, 그 검열로부터 자유로워지기 위한 마음가짐의 면에서도 그러했다. 무엇보다 내 이야기를 타인에게 공개하는 것, 그중에서도 자신의 상처를 고백하는 행위가 결코 '사연팔이'로 치부될 수 없음을 전하고 싶었다.

한 수강생은 빨개진 눈으로 말했다. "방금 전까지 읽다가 온 책이에요. 마음이 아려서 읽다가 멈추고 다시 읽다가 쉬다가 했더니 한 달이 걸리네요." 누군가는 자신의 이야기를 꺼내기 시작했다. "저는 이 이야기를 보면 제 곱슬머리나 얼굴의 잡티를 떠올리게 돼요. 외모에 대한 부끄러움이 제 세계를 좁게 만든다는 생각을요." 하지만 안타깝게도 그들은 이내 이야기를 멈추었다. 형광등은 지나치게 밝았고, 교실 안의 사람들은 제각각이었다. 누구는 기자가 되고 싶어 했고 누구는 퇴사 후 새로운 직업을 찾고 있었다. 글을 잘 쓰고 싶은 이유가 각기 다른 사람들이었다. 발언의 수위와 디테일은 청중이 누구냐에 따라 달라진다. '이상한 사람으로 오해받으면 어떡하지? 비난받으면 어쩌지?' 슬프게도 '안전하지 않다'는 감각은 자유로운 발언을 막는다.

나는 완벽한 지도를 들고 항해를 떠나는 타입이 아니다. 완벽한 지도를 그리기 위해 내내 고심하다 '나가는 문이 어딘지 알면 됐지 뭐' 하며 불쑥 달려나간달까. 남자라고 생각되는 분에게 답장을 썼다.

"여성 전용 수업이에요. 제가 깜빡하고 안 썼네요. 함께하기 어려우실 것 같습니다. 원하시면 다른 수업을 소개해드릴게요."

"네? 저…… 여잔데요?"

아뿔싸. 비실비실 웃음이 새어 나왔다. 내가 무엇을 원하는지 깨달을 때마다 쾌감이 든다. 그제야 나는 내가 이 수업을 만들고 싶었던 진짜 이유를 깨달았다. 나는 안전한 청중을 찾고 싶었다.

나를 오해하지 않는 사람들의 모인 곳. 이곳에서 우리는 목소리의 볼륨을 한껏 높인다.

밤길에서 치한을 마주친 후로 퇴근길마다 왼손에 작은 칼을 늘 지니고 다녔던 기억에 관해.

야근 후 기진맥진해져서 잡아탄 택시에서 "아가씨가 너무 예뻐서 나도 모르게 같이 좋은 데 갈 뻔했네"라는 말을 듣고 자신도 모르게 중얼거린 씨팔에 대해.

신생아와 단둘이 남겨진 집에서 모든 것이 너무 두려워 오열해버렸던 순간에 대해.

아이의 이상행동이 장애의 징후일까 봐 불안해 자기도 모르게 아이가 그 행동을 할 때마다 야단을 치고는 마치 그 일은 없었던 것처럼 기억에서 지워버렸던 이야기를 쓰고 저도 모르게 흘렸던 눈물에 관해.

글을 쓰다가 눈물이 흐르면 우리는 뜨거운 홍차를 조금 더 마시고 캐러멜을 녹여 먹으며 기운을 낸다. 그뿐이다.

누구도 나의 눈물에 대해 피식피식 웃지 않는다.

나의 심연에 빛을 비추는 일은 두렵다. 그 깊은 우물에 괴물이 있을지 몰라서 언제까지고 주변을 서성대기만 한다. '언젠가는 말할 거야, 언젠가는. 하지만 지금은 아니야. 감정의 파고 때문에 일상이 다 망가질지도 몰라. 주말 내내 우울해서 일어서지 못할지도 몰라.'

글을 쓸 때 가장 중요한 것은 안전한 청중을 찾는 일이다. 때때로 나는 이 글을 인쇄해 건네준다면 그게 누구일지 아주 구체적으로 그려본다. 때로는 어린 시절의 내 사진을 보기도 하고 때로는 엄마와의 카톡 대화를 물끄러미 바라보기도 한다. 어린 나와 젊은 시절의 엄마에게 전하고픈 말을 써나간다. '다른 요일반인데 혹시 빈자리 있으면 오늘 가도 될까요? 스트레스가 심해서요……'라는 고백과 함께 달려와 고단한 하루를 글로 쏟아냈던 누군가를 생각한다. 야근을 하던 중 글쓰기 수업을 듣고 다시 택시를 타고 회사에 돌아가던 이의 미소를 떠올린다.

내 글이 웃기든 진지하든 아무것도 아니든, 어떻게든 의미를 찾아내 칭찬해주는 나의 글쓰는 여자친구들을 떠올린다.

그들이 나의 뒷배다. 든든한 뒷배다.

내 글과 말에 공감해주는 사람들. 그들에게 내 글이 용기와 도움이 될 것이라고 생각하면, 누웠다가도 일어난다. 내

말의 맥락을 오해하거나 나를 '이상한 사람'이라고 몰아붙일 청중은 내다 버려. 어차피 독서 인구야 한 줌이여.

서로의 이야기를 나눈다. 그리고 깨닫는다. 나를 드러내도 공포스러운 일은 생기지 않는다는 사실을. 우리가 우리의 상처와 고민에 조명을 비출 때, 좋은 청중은 자신의 것에 조명을 비춰 보여준다. 막연했던 두려움은 떨어져나간다. '말을 하게 되면 무시무시한 일이 생길지 몰라'라는 모호한 기분은 사라져버린다. 내 상처를 고백하는 행위는 다른 사람의 자기 고백을 돕는 강력한 힘이 된다.

나는
문학을 배운
일이 없다

– 90년대
한국에서
읽기와 말하기,
생각하기는
금지되었다

지난 겨울 몬트리올 여행에서의 일이다. 에어비앤비 호스트로 만난 헤더가 직업을 물었다. 보통은 작가 혹은 글쓰기 강사로 간단히 소개하곤 하는데 그날은 여행이 준 해방감 덕인지 몇 개의 문장으로 내 직업을 표현했다. 서툰 외국어로 대화할 때는 노련한 화법을 구사하지 못하는 탓에 맨 얼굴의 내가 훨씬 잘 드러나게 된다. 나는 그 틈을 타 오랫동안 꼭 하고 싶었던 말을 하게 되기도 한다.

… 일곱 명의 한국 여성들과 여성 작가의 글을 읽은 뒤 각자의 삶에

대해 글을 써.

한국에서 여성으로 살아오며 느낀 슬픔, 분노 혹은 우울이 소재가 되기도 해.

누군가 눈물을 흘리기도 하고 때로는 박장대소하기도 하지.

우리는 꿈과 절망, 그 속의 유머까지도 찾아내.

모든 멤버가 자기 삶의 서술자가 될 수 있도록 서로 격려하지.

사람들이 헤엄쳐온 시간의 의미를 깨닫도록 돕는 것, 그게 내 일이야.

헤더가 조심스레 물었다.

"새것이 아니라 불편하지 않다면, 내 책을 선물해도 될까?"

헤더는 차도르를 쓴 두 여인이 어깨를 맞댄 사진을 표지로 한 책을 가지고 왔다. 이란의 여성 지식인 아자르 나피시가 쓴 《테헤란에서 롤리타를 읽다 Reading Lolita in Teheran》라는 책이다. 1980년대 이슬람 원리주의자들은 여성들에게 검은 차도르를 덮어 씌운다. 예술은 검열대에 오르고 사람들은 사소한 선택을 할 때조차 공포에 질린다. 문학의 자유는 먼 과거의 것이 된다. 교수들은 헤밍웨이 소설에서 '포도주'란 단어를 삭제할 방법을 찾으려 애를 쓴다. 브론테에 대한 강의는 폐지된다. 서방의 방종한 문화를 전파한다고 여겨지는 책들은 모조리 금서 목록에 오른다.

파시즘이 횡행하는 그곳에서 아자르 나피시는 신념을 굽히지 않고, 일곱 명의 여학생들과 자신의 집에서 비밀리에 금지 도서들을 읽고 토론한다. 인간이 정치적 억압을 받는 장소에서 젊은 여성들이 최대치의 억압을 받으리라는 것은 자명한 사실이다. 그들은 목숨을 위협받는 상황에서 엄청난 공포를 이겨낸다. 무엇으로? 읽고 생각하고 말하는 자유의 기쁨으로.

폭압의 세계에서 예술의 가치는 증폭되고 확장된다. 그들은 《롤리타》를 중년 남성의 소아성애 행각으로 읽지 않는다. 개인이 누려야 할 일상의 가치를 독재주의적 시선이 어떻게 박탈하는가에 대한 이야기로 재해석한다. 일곱 명의 여성들의 비밀스러운 읽기 모임은 문학 텍스트를 자신들이 경험하는 이란 사회에 대한 비판의 창으로 활용한다.

정확히 말하자. 나는 저들의 공포를 안다. 금지된 도서를 읽는다는 이유로 감옥에 갇히지는 않지만, 사회에서 수용되지 않는 느낌과 생각을 가진다면 얼마나 악랄한 대우를 받게 되는지 알고 있다는 소리다. 정상성의 바깥에 서게 될 때, 매 순간은 투쟁이 된다. 그리고 그 사실을 아주 어릴 때부터 학교에서 착실히 교육받았다.

1980년대 태생인 나는 문학 교육을 포함한 한국의 공교육에 트라우마가 있다. 내가 받은 교육을 사랑할 수도 자랑스러워할 수도 없는 나라의 국민이란 사실은 언제나 서글프지만 역설적으로 자유롭기도 하다. 언제고 나는 나의 교육을 부정하고 배반해서 전혀 다른 존재, 그러니까 "당신, 참 100퍼센트의 한국인이네요" 소리를 듣지 않는 사람이 되어야 한다는 사실, 그것은 절망인 동시에 희망이다.

내 기억 속 국어 시간은 억압받는 테헤란과 크게 다르지 않았다. 자유로운 사고는 단언컨대 '금지'되었다. 텍스트에 대한 학생들의 느낌이나 생각을 질문하는 이가 없었을 뿐더러, 모두가 하나의 정답을 외워야 했다. 지나친 모의고사가 학생들의 학구열을 도리어 저해한다고 말한 학생은 전교생이 보는 앞에서 쓰러질 정도로 뺨을 맞았다. 그 와중에 문학에 대한 사랑을 버리지 못한 아이들은 자율학습 시간에 참고서 사이에 스스로 고른 시집이나 소설책을 끼워 넣고는 불안에 휩싸여 독서를 했다. 내가 졸업한 경기도 일산의 비평준화

고교에서는 읽기와 말하기, 생각하기를 금지했다.

또한 나는 '정상적 문학 수업'의 경험을 가지지 못했다. 문학을 오지선다형 객관식으로 가르치는 교육의 목적은 무엇인가. 온몸이 굳어질 정도로 집중을 해서 짧은 시간 동안 최대한의 텍스트를 읽어내는 훈련을 시키는 이유는 무엇인가. 아마도 국가가 다루기 용이한 다음과 같은 인간형을 배출하기 위한 것이 아닐까. 사회의 결정권자가 미리 정해둔 정답을 고르지 못했을까 봐 두려워하는 사람. 눈치 없이 오답을 골랐을까 봐 언제나 초조해하는 사람.

그런 교육을 받다 보면 보편의 한국인이 완성된다고 믿는다. 정답이 아닌 것은 오답이며, 그 편협한 사고를 인생의 전반으로 확장하게 된다. 그러므로 자신의 언어로 말하는 일은 '정답이 아닐지도 모르는' 극도의 공포를 마주해야만 하는 위협이 된다.

동시대의 여성이 함께 모여 말하고 듣고 쓰는 행위에서 나는 희망을 본다. 비슷한 경제수준과 비슷한 학력을 가진 사람들에게서 벗어나, 자신이 선택한 글쓰기 수업에서 낯선 여성들과 어울린다. 한 편의 글을 읽고 자기 입장을 말한다.

저마다의 삶의 이력에 따라 글은 전혀 다른 방향으로 해석된다. 과학을 공부하는 대학생과 무용가, 유치원 교사와 심리상담가가 각자가 지닌 다른 문화, 다른 감각, 다른 체험을 동원해 각자의 언어로 발언한다. 한 수강생은 말했다. "이토록 안전한 기분으로 나와 다른 의견들을 듣는 것. 그게 왜 제게 치유가 될까요?" 이제까지 살아온 것과 다르게 사는 여성들을 만나 다른 의견을 듣고 말한다는 점에서, 여성의 글쓰기 수업은 치유 여행이다.

나는 언제나 '편안하게 느껴지는 생각'을 주의하라고 당부한다. 그것은 사회에서 체화한, 즉 내 것이 아닌 남의 생각일 가능성이 높기 때문이다. 한국 여성으로 살아오는 동안, 아마도 가장 안전하고 무해한 발언만을 격려받았을 것이기 때문이다. 그러므로 '바보처럼 (지나치게, 남을 공격하는 것처럼, 오만하게, 위험하게) 들릴지 모르겠지만'이라고 주저하게 되는 발언과 질문이 당신 고유의 것이라고 격려한다. 가족과 동료가 비판할지 모르는, 글로 쓰면 사이버 불링(사이버 공간에서 특정인을 집단적으로 괴롭히는 행위)을 당할 것 같은 두려움이 드는 의견이 가장 본연의 의견일 수 있다고 말한다.

이야기가 고조되면 나는 "다른 사람의 의견을 반박하는

연습을 해보세요. 가령 그것이 100퍼센트의 진심이 아니어도 좋아요"라고도 말한다. 타인의 의견에 반대되는 의견을 내는 것에 익숙해질 때, 나 자신도 외부의 견해를 수용할 줄 아는 인간이 된다고 믿기 때문이다. 물론 제도권 교육에서 단 한 번도 해본 적 없는 연습이기 때문에 다들 어려워하지만 이내 즐거운 기분으로 익숙해진다. 좋고 싫음이 명확한 성격을 '무던한 회사인간'이 되기 위해 깎아내었던 나에게, 남의 의견에 맞장구치지 않고 솔직한 의견을 말함으로써 '눈치 없는 인간'이 되어 고독했던 나에게 위로를 건네는 시간이다.

우리는 언제 쓰는 존재가 될까. 타인의 견해라는 외부 자극과 그로 인한 내부의 감응. 그 과정을 통해 각자는 글 쓰는 존재로 나아간다. 남과 다를까 봐 주저하는 마음을 기어코 극복하고 나의 오롯한 의견을 말하게 되었을 때, 그리고 그 의견이 힘의 차이에 따른 위계에 의해 무음 처리되지 않는 경험을 했을 때 비로소 노트를 꺼낸다.

누군가 "제 의견은 좀 달라요"라는 반박 멘트로 나의 의견을 '있는 것'으로 대해주었을 때, 종종 나는 산다는 것이 이렇게 재미있는 것이었나라는 생각을 하며 희열을 느낀다. 이럴 때, 쓰고 싶어진다. 쓰게 된다.

아자르 나피시와 일곱 명의 여학생들은 비밀 읽기 모임을 통해 자신이 살아가는 세계를 이해한다. 원하는 것을 얻기 위해 희생을 감수할 용기가 필요하다는 사실도 깨우친다. 그들은 이야기를 함께 읽고 토론하며 성장하고, 그에 멈추지 않고 자신의 이야기를 기록하는 사람으로 나아간다. 여성들의 이야기는 언제나 맞닿아 있다. 테헤란의 그들과 한국의 우리는 같다.

우리는 왜 읽을까? 왜 읽은 것을 함께 이야기할까? 읽고 말하고 기록하는 시간을 통해 우리는 일상에 숨겨진 진실을 찾아낸다. 비로소 오래 써온 가면을 벗고 누구와도 다른 나의 맨 얼굴을 드러낼 수 있게 된다. 온전한 눈과 온전한 목소리, 온전한 정체성을 찾게 된다. 그러므로 우리의 읽기 시간은 개인적인 동시에 정치적인 일이 된다.

당신,
대체 왜
의견이 없어요?

– 희미하고
어정쩡한 글은
내 탓이 아니야,
가정과 사회와
교육 탓이지

"너희는 모든 것에 의견이 있니?" 얼마 전 베를린에서 유럽 친구들과 매일 밤 대화의 장을 열고 온 친구가 꺼낸 말이었다. 환경, 사회, 사랑, 동물, 전쟁, 경제, 젠더, 예술. 세상 모든 이슈에 대해 명확한 자신의 의견을 가진 친구들을 운 좋게 만난 자리에서 친구가 맥주를 들이키고는 진심으로 궁금해서 이렇게 물었다는 것이다.

너희는, 모든 것에, 의견이, 있니?

불현듯 궁금해졌다. 어떤 이슈에 대해 내가 내 의견을 정하기 어렵다면 그건 내가 무지해서일까, 아니면 용기가 없어서일까? 사실은 모든 것에 내 의견이 있었던 건 아닐까?

어릴 적부터 학습한 겸양에 의해, 너는 누구 편이냐고 몰아붙이는 흑백논리에 의해, 상대와 다른 의견을 냈을 뿐인데 비난한다고 오해받았을 때 생긴 상처에 의해. "그러고 보니 그럴 수도 있겠네요"라고 짐짓 미소를 지으며 내 주장을 숨겼더니 '남의 기 잘 세워주는 현명한 사람'이라는 칭찬을 들었던 기억에 의해, 혹은 사이버 불링에 대한 공포심이 내 의견을 애써 '없는 것'으로 만든 건 아닐까? 자기 탓을 많이 하는 사람은 글쓰기를 할 때 괴롭다. 그럴 땐 차라리 이렇게 생각해버리자. 희미하고 어정쩡할 뿐 무슨 말을 하고 싶은 건지 모르겠을 때, 그 원인은 내가 아니라 사회와 교육의 무능에 있다고.

누구나 자신의 안전이 우선이다. 명확한 의견도 날 선 주장도 없으면 사는 게 안전했다! 주장이 없는 '말을 둥글게 하는' 글을 쓰면, 한국을 떠나라거나 피해의식이 많다거나 하는 댓글이 달릴 일이 없었다. 그래서 아스라한 '느낌적 느낌'으로만 쓰며 살기도 했다. 쓰는 것은 고스란히 삶과 같아서, 삶도 둥글고 좀 지루했다.

우선 '말'로 꺼내 보세요
처음이니까 대충, 어설프게, 허술하게

나는 글쓰기 수업의 수선스러움을 몹시 사랑한다. 수많은 수다쟁이와 본인이 수다를 떤 만큼 다른 수강생에게 요긴한 질문을 던져 도움을 줄 줄 아는 '프로 질문자'들이 미치도록 사랑스럽다. 주변을 살피며 발언을 삼키는 수강생을 보면 〈6시 내 고향〉 리포터처럼 방정을 떤다.

"자, 자, 자! 배 떠납니다. 서둘러 말하지 않으면 다음 장으로 넘어가버릴 거예요."

그들을 조바심 나게 해서, 기어코 입을 열도록 하는 이유는 내가 그들 누구보다 더 소심한 사람이어서다. 내 생각을 언어로 조직해 입 밖으로 꺼내려면 엄청난 검열과 망설임을 이겨내야 했다.

그래서 차라리 그들이 "아이, 선생님 너무 정신 사나워!" 하면서 '아무 말'이나 '대충' 뱉어버릴 수 있도록 분위기를 만든다. 무심결에 뱉고 난 아무 말 속에 숨은 100퍼센트 정직하고 확고한 각자의 의견을 깨달으면 더욱 좋다.

말하기가 어렵다는 건 하나도 신기한 일이 아니다. 돌이켜보자면 우리는 '말'을 금지당해왔다. 적어도 한국 공교육이 학생들에게 정당한 발언권을 준다고는 못할 거다. 어릴 적부터 대학교 때까지 수업 시간에 입을 여는 건 심장이 터질 듯한 긴장을 수반하는 일이었다. '선생님 말씀 잘 듣고 조용히 수업 들으라'는 말을 국민학교 6년 내내 들었다. 고등학교 때는 아침 조회부터 야간자율학습 시간까지 쥐죽은 듯 있어야 했다.

지구 위 어딘가에는 학창시절 내내 자신의 의견을 궁금해하는 스승을 만나고 친구, 동료들과 생산적인 토론을 하도록 이끄는 문화도 있을 것이다. 하지만 어떤 의견을 낼 때마다 소위 '빠따' 맞는 친구들을 보며 매일을 보냈는데 (슬프게도 내 모교는 심각하게 폭력적이었다) 어떻게, 갑자기, 아무 일 없었던 것처럼 '내 의견과 주장을 조리 있고 명쾌하게 말할 수 있는 사람'이 될까. 그건 우리가 받아온 공교육을 정확히 거스르는 일이다.

만나서 반갑고 기쁘다는 말을 아름다운 어휘와 구성의 긴 말로 못하겠다면 그냥 와락 안아주듯, 싫어하는 상황이 닥치면 표정이라도 찡그려서 내 마음을 확인하듯, 서툰 말부터 걸음마하듯 시작해봐야 한다. 표현이 서툴긴 해도 기만과 거짓말로 뭉갠 가짜 인생을 사는 것보다는 재미있지 않을까.

어휘력이 좀 부족해도 논리가 좀 안 맞아도 대충 어수선하게 말해야 내 의견을 알 수 있다. 글보다 말이 우선이다. 내가 어떤 의견을 내놓더라도 비난하지 않고 경청하는 성숙한 발언자들이 많은 모임에서 시작해보자. 말하는 게 편하고 재밌어지면 글쓰기도 흥이 붙는다. 당신의 말을 녹음해 받아쓰고 글 포맷에 맞게 수정만 해도 주장이 실린 칼럼이 될 것이다. 쓸 수 없다면 먼저 말을 하자.

막연한 불쾌함을 문제의식이 담긴
에세이로 확장하기

주장이 담긴 칼럼도 '막연한 느낌'에서 출발할 수 있다. 일상에서 맞
닥뜨리는 크고 작은 '불편감'은 글쓰기의 좋은 씨앗이 된다. 사람은
불편을 대할 때 망설이게 된다. 분위기를 망치지 않으면서 재치 있
게 돌려 말하는 방법은 없을지, 대안도 없으면서 불평만 하는 건 아
닌지 머뭇거리고 만다면, 아래 순서에 따라 '괜찮지 않다'는 말로 시
작하는 짧은 글을 완성하자.

1_ 최근에 내가 머물렀던 장소를 떠올리자. 출퇴근길, 식당, 대형
　　마트, 여행지, 가족모임, 동호회, SNS 등 어디든 좋다. 나를 쿡쿡
　　찌르는 것은 무엇일까. 무엇이 '이해가 안 되고 이상한지' 살펴
　　보고 그 상황을 있는 그대로 '묘사'만 하자. 그때의 대화, 사람들
　　의 표정, 행동을 쓴다. **(5분)**

2_ 기분이 나빴던(이상했던, 불편했던, 황당했던, 두려웠던 등등) 이유
　　를 쓰자. 감추려 하지 말고 솔직하게 날것 그대로 쓰는 게 중요하
　　다. 해결할 수 없는 사안이라고 해도 충분히 불평해야 한다. **(5분)**

3_ **1**과 **2**에서 정리한 느낌을 문제의식으로 확장하자. 무엇이 정말
　　싫은가. 무엇이 변화되었으면 좋겠는가. 그 상황이 달라진 것을
　　가정하고 상상해서 써도 좋다. 편지글 형태도 괜찮다. **(5분)**

3을 쓸 때 모두에게 공정하고 도움이 되는 궁극적 대안을 찾아내려는 것을 경계할 것. 그 과도한 조심성이 글쓰기의 장애물이 된다.

모든 주장을 꺼내어 펼치기

"네 글엔 주장이 없구나"란 말을 듣는다면? 내 의견이 뭔지 떠올릴 때마다 머리가 하얘지고 어지럽다면? A도 B도 맞는 것 같다면? 그럴 때는 수다와 수선스러움이 특효다. 글쓰기도 그러하다. 이 경우엔 이렇게 말해준다.

"그거 참 행운이로군요! 우선은 구구절절 다 써보세요. 다시 읽으며 정리해봅시다."

뒤죽박죽인 머릿속에서 핵심 주장을 단번에 꺼낼 수 있다면 좋겠지만, 그건 수영 초보자가 접영을 하려는 욕심과 같다. 부디 그런 환상을 버리자. 프로 작가들도 제대로 하지 못하는 일이다. 차라리 프로에게 검토를 부탁하시길.

옷장을 열고서 버릴 옷과 보관할 옷을 단번에 쏙쏙 골라낼 수 있다면 당신은 곤도 마리에! 그럴 땐 침대 시트 가득 옷가지를 펼쳐놓고 거울에 하나씩 대보며 추리는 게 낫다. 버릴 각오를 하고 시도해보자. 한 가지의 주장을 각각 한 단락이라도 5분, 10분씩 써보는 것이다. 그러고는 온전히 당신의 '감'을 믿어야 하는데, 이 감은 얼마나 집중이 되는지, 얼마나 더 쓰고 싶은지를 가늠하는 잣대가 된다. 이 감을 이용해 '쓸 때 흥도 안 나고 이어서 더 쓰고 싶은 내용도 없네, 버리자!'거나 '쓸수록 더 쓰고 싶다, 살리자'로 구분하자. 후자는 당신의 장이 될 것이다.

물론 글쓰기 스킬이 늘면, 주장도 명확하고 논리가 탄탄한 글을

쓸 수 있게 된다. 이때 필요한 건 잘 쓴 글 필사다. 가수 지망생들이
베테랑 보컬리스트들의 창법을 따라 하며 자신의 모자란 점을 발견
하고 수정하는 것처럼. 글쓰기가 처음이라면, 잘 쓴 글의 논리구조
와 패턴을 익히는 것이 큰 도움이 된다.

'욕망의 문장' 틀에 넣어보기

우리 수업에서는 자신의 생각을 이른바 욕망의 문장 틀에 넣도록
지도한다. 무엇을 원하고 무엇을 반대하는지 '아이처럼' 단순하게
생각해보는 연습인 것이다! 문장을 화려하게 꾸밀수록 진짜 의견
이 드러나지 않기 때문에 다음 문장들처럼 의미는 명확하고 구조는
단순해야 한다.

　　수업에서는 10분, 15분 동안 검열할 틈도 없이 빠른 속도로 한
단락을 쓴다. 회사나 가정에서의 문제 상황도 좋고 과거의 기억을
꺼내 올려도 좋다. 다만 내가 '욕망 문장'이라 부르는 다음 문장구조
들 중 하나는 꼭 넣는 게 의무다.

　　나는 _____ 하기를 원했다.
　　나는 _____ 을/를 하고 싶지는 않았다.
　　나는 _____ 에 반대한다.
　　A는 내게 _____ 이었다.
　　나는 _____ 에게 _____ 을/를 요구하
　　고 싶었다.
　　_____ 은/는 세상에서 사라져야만 한다.
　　내가 신이라면 세계의 모순과 불행 중 _____ 을/를
　　개선할 것이다.

우리는 우리의 마음을 속이며 산다. 글쓰기와 말하기에 재능이 있는 만큼 기만에 대한 재능도 많아진다. 강경해보이는 문장 틀에 맞춰 글을 쓰며 선명한 감정을 마주하자. 그리고 만나자. '잘 모르는 척', '불평 없는 척', '욕망 없는 척'이라는 이름의 장막으로 진짜 감정을 기만해왔다는 사실과, 다시는 그 기만의 세계로 돌아가고 싶지 않다는 사실을.

이름도 없이 거대하게 덩어리진 감정이 고유한 이름을 지닌 각각의 감정으로 분화하는 것을 본다. '억울하다'가 '나에게 무례하지 않기를 원한다'로 바뀌고 '서럽다'가 '나를 함부로 대하지 않기를 원한다'로 변화하는 과정을 목도한다. 서운함, 서러움, 억울함, 심난함 등의 한국어 특유의 감정 표현은 아주 많은 것을 은폐한다. 이런 과정을 한 번 경험하고 나면 다시는 이전으로 돌아가지 않게 될 것이다.

자기가
싫어진 적이
있나요?

— 글을
쓰고 싶은
자들이여,
자기혐오의
파도를 타라!

왜 아무도 내게 글쓰기는 어떤 단어를 떠올리게 하느냐고
묻지 않는 걸까. 이왕 이렇게 된 거 스스로 해보기로 했다. 내
게 글쓰기는 '프레자일fragile'이다. fragile은 영어로도 불어로도
fragile. 뜻은 같다. 부서지기 쉬운, 취약한, 섬세한, 불안정한,
무너지기 쉬운, 허약한, 그리고 상처받기 쉬운.

우리가 취약하지 않다면 무엇 때문에 쓰겠는가. 섬세하고
불안정한 사람의 글이 마찬가지로 섬세하고 불안정한 이를
위로할 가능성이 높다. 무너지려고 할 때 글을 쓴다. 그러나
오늘 이야기하고 싶은 것은, 애써 쌓아 올린 글쓰기 자존감이

얼마나 부서지기 쉬운지에 대해서다.

영화 〈벌새〉에서 은희는 한문 교실 선생님으로 온 영지에게 "선생님은 자기가 싫어진 적이 있으세요?"라고 묻는다. 만약 은희가 선생님은 자기 글을 싫어한 적이 있냐고 물으면, 내가 은희와 영지 사이에 끼어들어 "매일! 매시! 매분! 매초!" 하고 양팔을 흔들며 외칠 것이다.

글쓰기를 가르친 시간 동안, 다양한 학생들이 다양한 방식으로 자기 글을 싫어한다는 고백을 쏟아냈다. 아마도 우리가 우리의 몸을 때로 혐오하는 것처럼 자기혐오의 많은 부분은 사회의 억압에 의해 이식되기도 했을 것이다. 실제로 상당 부분 '내 글 혐오'는 내면화된 여성 혐오와 맞닿아 있다.

나는 어린 시절 일종의 '소녀 혐오'가 있었다. 소녀소설만 읽는다는 사실을 감추고 싶어 했다. 《작은 아씨들》이나 《빨강머리 앤》처럼 여성이 쓴 여성 문학을 읽으며 '내게는 여자가 쓴 글만 재밌다'고 확신했으나, 종종 《파리대왕》이나 《허클베리 핀》 등을 빌려와 절반만 읽고 반납하기도 했다.

내가 나인 것을 혐오하면서 내가 만든 것을 혐오하지 않기란 어렵다 해도, 자신의 글이 이렇게나 쉽게 싫어지는 이유는 글쓰기와 자아의 거리가 지나치게 가까워서일 것이다. 내가 곧 글이다. 그 무섭도록 가까운 거리가 자주 외롭다. 사진이나 그림처럼 '도구'라도 있으면 그 탓이라도 할 텐데.

이 점은 정말 골칫거리다. 어떻게 이토록 매 순간, 사무치게 외롭고 난해하게 느껴지는 작업이 있을까. 어떻게 이토록 불확실투성이의 일을 선택했을까. 의지할 테크놀로지도 협업할 동료도 없다니. 나 아닌 것의 탓을 할 수가 없다니!

자신을 좋아하기란 원래 어렵고 어쩌면 불가능한 것일 수 있는 것처럼 수강생들의 고민에 답했던 말들을 떠올려봤다. 친절한 사람들이 내 글을 옹호해줘도 위로가 되지 않는 밤에 들춰볼 페이지. 당신의 타입에 맞게 사용하세요.

1 / 동북아시아인의 피를 믿어보세요

까짓 자기혐오? 야, 우리는 스스로를 죽이고 싶을 정도로 증오해도 마감을 지키고 말지, 마약엔 손대지 않는 모범생들이다. 이 점을 활용해 글쓰기 수업에서는 10분, 15분의 짧은 마감을 둔다. 나는 종종 도서관 컴퓨터를 활용하곤 했다. "아이고. 글은 마저 다 쓰고 자기혐오하러 가자"고 생각하며 일단은 글에 집중했다. 할 일 목록에 '자기혐오 15분' 스케줄을 적으며 키득거렸다.

한번은 좋아해 마지않는 김혜리 기자님의 기사를 필사한 뒤, 에세이를 쓰다 죽을 뻔했다. 아, 이 쓰레기를 어떡하면 좋죠? 또 다른 날엔 김보라 감독과 앨리슨 백델의 대담을 읽었는데, 다 때려치우고 싶었다. 세상에 이미 빛나고 아름다운 것이 많은데, 나는 그냥 묶음이 나을 것 같아.

그렇다고 독서를 하지 않을 수는 없잖은가. 어떻게 해야 좋을까? 예전에는 책상 위에 '이런 것도 책이라고' 자리가 있었다. 실수로 샀는데 망한 책을 몇 권 늘어뒀다. 아마 다들 내가 그 작가들의 팬인 줄 알았겠지만.

엊그제 친구가 기가 막힌 샘플을 주었다. 여행 에세이였다. 단톡방 친구들은 이것을 보고 "아, 갑자기 글을 쓸 수 있게 되었어"라고 외쳤고, 나는 공지글로 등록해두었다.

··· 발칙한 피가 흐르는 남미, 남자라면 일생에 한 번은 그곳으로 떠나라. 아시안 걸은 인기가 좋지만, 아시안 남자는 개보다 못하다는데. 남미의 글래머 여인들은 '유 아 뷰티풀'이라는 나의 순진한 찬사에 언제나 아름다운 미소를 보내줬다. 내면의 미와 외면의 미가 일치하는 미녀들이 넘실대는 그곳과 사랑에 빠진 나.

그 먼 나라까지 여행 가서 굳이 자동차 쇼에 가더니 그는 미녀들의 사진을 찍고 이런 소감문을 적어두었다.

⋯ 그녀들의 태닝한 피부를 바라보기만 해도 탄력감이 느껴져 가끔 은 입술을 통해 느껴보고 싶은 마음도 있었다.

우리는 이 글의 편집자를 진심으로 걱정했다. "편집 트라 우마 생기셨음 어떡해? 회사 그만두신 것 아니야?"

작가 소개도 대단했다. "다시 태어난다면 브래드 피트로 태어나고 싶은 서울 남자."

때로는 조롱과 경멸을 통해 글쓰기를 이어간다. 고매한 일은 아니지만 부끄러울 일도 아니다. 저런 것으로 세상이 뒤 덮이기 전에 내가 구해야겠어! 돌연 비장해진다. 자신의 정 의로움을 이용해보라. 프린트해서 책상 앞에 붙여둔 브래드 피트남의 글을 바라본다.

⋯ 남자라는 동물을 알고 싶은 여자들에게 내 책을 권한다.

아, 아, 힘이 난다.

3 / 전원을 끄고 밥을 먹자

초고를 다 썼다면 이왕이면 든든한 메뉴로 배를 채우자. 아니면 비싼 초콜릿 하나를 먹어라. 글을 오래 쓰면 당이 떨어지고 그러면 모든 것에 비판적이 된다. 초고에 전력을 다한 뒤 기진맥진한 상태로 절대 내 글을 평가하지 말자.

4 / 시끄러우니 닥치라고 말한다

《쓰기의 감각》의 저자 앤 라모트는 이렇게 말했다. 당신이 주의하지 않으면 당신 머릿속의 라디오 방송국은 당신은 가짜이며 당신이 손만 댔다 하면 똥이 되고 만다는 하소연과 당신이 그동안 저지른 실수를 랩처럼 쏟아낼 것이라고. 자신은 아침에 글 쓰려고 앉을 때마다 그 방송국이 자동으로 방송을 시작하기 때문에, 매일 기도를 한다고.

전무후무한 글쓰기 코치이며 영성에 대해 깊은 통찰을 가진 앤 라모트가 자기혐오를 이기는 방법은 기도인데, 동물을 제물로 바치는 것만 아니라면, 호흡법이든 기도든 자신만의 리추얼을 개발해보라고 한다.

나는 소심한 욕쟁이라서 혼자 욕을 한다. 이 점이 작업실 방을 혼자 쓰는 이유다. 라디오 디제이에게 말한다. '○○(○○ 안에는 전 세계 욕을 다채롭게 넣는다), 좋은 말로 할 때 닥쳐라.'

가끔은 김혜자 선생님처럼 어른다. '어머나, 또 쓰레기 같은 고민을 했구나!'

《개떡 같은 기분에서 벗어나는 법》의 저자 안드레아 오언은 내면의 비판자에게조차 공격적이지 않고 다정하게 말해야 한다고 권한다. '어머, 내가 또 그랬구나. 말해줘서 고마운데 그냥 넘어갈게'라는 만트라를 사용하라는 것이다. 음, 이건 잘 안 되네. 나에게 다정하기가 영 쑥스럽다.

5 / 다른 여성 창작자들의 인터뷰를 곁에 둘 것

성취 후 밀려오는 자기혐오란 아이러니한 존재다. 사적 에세이를 책으로 내거나 글쓰기 플랫폼에 올려 독자의 호응을 얻은 뒤 글쓰기를 멈추는 경우를 종종 목격한다. 그들은 이렇게 말한다. 아무것도 몰라서 해냈는데 이제 뭘 좀 알고 나니 글쓰기가 너무 두려워졌다고. 나는 "저도 그래요"라며 두 손 부여잡고 호들갑을 떨고 싶었으나, 그와 내가 스승과 제자로 만난 터라 차마 그러지 못하고, 그 말을 오래 고민했다.

기자로 일하며, 강릉의 8대 맛집이나 휴가철 건강법 등을 썼을 때는 자기혐오가 없었다. 그런데 나에 대해 쓰기 시작하면서 자기혐오가 드러났다. 자신을 드러내는 것에 대한 두려움을 글의 역량 부족으로 인한 부끄러움으로 오해한 게 아니었을까.

　김보라 감독은 "항상 솔직해야 한다는 강박 같은 걸 느끼는데, 그러고 나서는 영화가 개인사적인 것으로 치부될까 봐 두렵다"고 말했다. 지나칠 정도로 시나리오를 주변인들에게 검토받으며 더 이상 고칠 게 없을 때까지 수정한 것은, 여성으로서의 두려움과 완벽주의에 대한 강박 때문이었다고. 김보라 감독의 이야기를 들으며, 어쩌면 나의 자기혐오는 솔직하고 싶은 강박의 뒷면일지도 모른다고 짐작한다. 매일매일 혐오의 파도가 몰려올 테니, 우리는 신나게 서핑을 하면 된다.

완벽주의와
가면증후군 환자의
재활기

– 보노보노와
　너부리처럼
　느긋하게
　쓰다 말아도
　괜찮아요

　이건 비밀인데, 쓰기 모임을 마칠 때마다 침울해지곤 했
다. 나의 이야기를 쓰고 모두와 함께 읽을 때마다 그랬다. 내
가 '다들 이제 썩 꺼져버렸으면 좋겠군'이라고 생각하든 말
든, 마루에는 무심한 활기가 넘실거렸다. 에어로빅이 끝났는
데 부침개를 나눠 먹는 사람들처럼 말야. 집에들 안 가고 말
이야. 현관문 근처에서 떠드는 사람들을 보며 물티슈로 책상
을 박박 닦았다.
　대체 왜 그 아름다운 일을 끝낸 후 문을 닫고 싶어졌는지.
이제는 이유를 안다. 오래된 수치심과 완벽주의.

나는 그룹 안에 들어가면 어쩔 줄을 몰랐다. 열 명이 모이면 아홉 명보다는 잘해야 할 것 같은, 그런 마음은 너무도 징그러워서 바라보기도 고통스러웠다. 잘하고 싶은 일을 타인과 함께할 때면, 자아에 따개비처럼 붙어서 무럭무럭 자라난 나르시시즘, 경쟁심, 우등생 증후군, 비교의식 같은 것들이 폭죽처럼 내내 터져 나왔다(정말 싫지만 그 부분이 나를 살아남게 했기에, 따로 떼어 죽일 수는 없다).

쓰기 모임엔 언제나 칭찬이 젖과 꿀처럼 흘렀다. 달고 부드러운 것들을 실컷 마셨는데, 어럽쇼. 또 하나의 증후군이 고개를 내밀었다. 가면 증후군. 자신의 성취를 모두 가짜로 믿고 언젠가 사람들이 자신이 가짜인 것을 알게 될 것이라는, 그러니까 행운의 요정이 길을 잃어 잠시 내려앉았고 곧 날아가버릴 거라고 장황하게 변명하게 되는 이 증후군은 굉장히 지랄 맞다. 성취가 높아질수록 더 드세진다.

그러니까, 열심히 살면 살수록 이 증후군에 물을 주는 것이 된다. 빌어먹을. 뭐 이딴 게 있죠? 살란 거야 죽으란 거야.

다행이다. 나아졌다. 둔해졌다는 게 맞겠다. 증후군 컬렉터도 하루 이틀이지, 젖과 꿀이 흐르는 칭찬의 힘을 이겨내지는 못했다. 제대로 된 칭찬 한번 못 듣고 자란 우리들은 스스로를 재양육했다. 누가 나를 잘못 키웠으면, 고꾸라져 죽을 거예요? 스스로를 다시 키우는 건 꽤 재미있는 일이다. 칭찬을 들으면 덩실덩실 어깨춤으로 승화하곤 했다. "책 언제 나와요? 저 여행 갈 때 가져가야 한단 말이에요." 다감과 나직이 사람으로 만들어진 것 같은 친구에게는 호언장담했다. "걱정 마. 내가 은근히 마감 잘 맞춰." 거짓말이지만, 흥겨운데 뭐 어때. 아, 그가 정말 내 글을 좋아해줘서 고마웠다. "키야, 오늘은 글이 은성, 은성 하네." '사장님, 오늘 찌개 국물 진국이네요' 같은 구성진 그 칭찬이 외할머니의 푸근한 손길 같았다. 날 쓰다듬어주던 그 포근함. 받아들여진다는 것. 내가 만든 것이(즉 내가) 굉장히 우습고 이상할지 모른다는 미지의 공포를 품고 살다가, 멤버들이 내 이야기에 키득거리거나 폭소를 터뜨리는 모습을 바라보는 것.

아파서 쓰다 만 날에 병약한 자신을 비난하려 할 때, 누군가 '아프다면서 나보다 많이 썼네!' 하고 놀렸다. 우울해서 눈앞이 뿌얘지도록 두서없이 쓴 날에는, 꼭 한 명이 그 멜랑콜리를 좋아해줬다. 누굴 욕한 날에는 다 같이 욕해줬다. 마늘처럼 찧고 빻아줬다. 너무너무 너무너무 좋았다.

태어나서 한 번도, 조건 없는 지지를 받아본 적이 없다는 사실을 깨닫고 많이 슬펐다. 학교에 다닐 땐 성적이 좋아야 칭찬받을 수 있었다. 원고료를 받으며 글을 쓸 땐 칭찬도 불편했다. 다음에 이만큼 못 쓰면 어쩌지 싶어서.

다른 사람의 초고를 보는 건 마법 같았다. 야, 이렇게 쓰다 말아도 되네. 그럼, 나중에 다 고칠 거니까. 초고를 하도 보다 보니, 잘 쓴 글과 못 쓴 글이라는 분류에 관심이 없어졌다. 차이의 발견이 우열의 자리를 대신했다. 열 명의 글에는 열 명의 각기 다른 삶이 오롯했다. 그 다름이 신기하고 아름답다고 생각했다. 셀룰라이트가 보이건 수술 자국이 있건 온몸이 주근깨로 덮여 있건, 바다니까 당연히 수영복을 입은 여자들이 눕고 헤엄치고 브라를 풀고 태양빛을 흡수하는 광경을 보았던 바닷가가 떠올랐다. 몸처럼 글도 다 다르고, 꼭 아름다울 필요도 없다는 것.

글이 소통의 수단이고 자아의 표현이라면, 자신이 바라는 방향과 정도에 맞으면 되는 것 아닌가 싶었다. 너무 탁월할 필요가 있나, 당 떨어지게. 신선로를 끓이고 싶으면 시간과 정성을 많이 들이는 거고, 쌀밥에 달걀 올려 간장 뿌려 후다닥 먹고 싶은 사람은 그 정도면 되는 거지. '접배평자'를 숙달

시켜 마포구 수영대회에 나가려면 나가고, 고개 내밀고 호숫가 구경하며 떠 있고 싶으면 개헤엄만 칠 줄 알면 되는 것 아닌가. 나는 이내 보노보노와 너부리처럼 느긋해졌다.

쓰기 모임에서 '이왕 할 거면 잘해야지' 하는 강박을 버린 경험은 '그냥 해버리는' 습관에 도움이 됐다. 오늘은 좀 못하지 뭐. 요가도 수영도 상담도 갔다. 한국을 떠나기로 결정한 뒤에는 그동안 망설이던 일을 부리나케 하나씩 시작해버렸다. 한국이 아닌 곳에서도 글쓰기 수업을 열고 싶어서 대뜸 이메일로 진행하는 온라인 글쓰기 수업의 공지글을 올렸다. 신청자가 생겼으니 돌이킬 수 없어져서 그제야 커리큘럼과 시스템을 만들기 시작했다. 수강생으로 만났다가 친해진 상담심리사 친구에게 〈마음을 썼다 내가 좋아졌다〉란 제목으로 팟캐스트를 하자! 나는 기획도 편집도 아직은 못하지만 우리에게 팟캐스트 제목은 있다!'는 이메일을 보냈다. 자고 일어나면 또 완벽주의가 도질까 봐 새벽 2시에 전송 버튼을 눌렀다. 바로 의기투합한 우리는 내친 김에 스튜디오 예약을 했다. 일주일에 두 번 한 시간씩 엄마에게 글쓰기와 독서법을 가르치기 시작했다. 아이패드와 아이펜슬을 구입해 엄마에게 안기고는 한국을 떠났다. 요즘은 페이스타임과 카카오톡으로 엄마와 글쓰기 수업을 진행한다. 그냥 해버린 일들로 나의 인생은 바쁘게 행복해졌다. 느긋하게 글 쓰는 습관이 내게 준 선물이다.

예술 앞에
엄숙하기엔
인생이
너무 분주하다

– 화려한
　글감옥에 갇혀
　연필로 한 자 한 자
　쓰고 싶지만

　연필로 글을 쓴다는 대작가의 산문을 홍보하는 트윗을 보았다. 칼로 깎은 연필로 원고지에 또각또각 글자를 박아넣으면 '몸이 글을 밀고 나간다'는 생각이 든다는 것이다. 그의 육필 원고를 가장 먼저 받아 읽고 워드 파일로 정리하는 기쁨을 표현한 편집자의 후기도 이어졌다. 흑연과 나무 향기, 고유의 문체가 자아내는 우아함이 큰지 고대하던 원고가 도착했다는 기쁨이 큰지는 알 수 없었지만. 모든 것이 평범하고 사소해진 시대에 몇 안 되는 '거장'이 예술가다운 호기와 허세를 지켜나가는 모습이 보기 나쁠 리는 없다.

대작가는 테크놀로지를 몹시 싫어하는 듯 보인다.

"인터넷은 정보의 쓰레기가 모인 바다다. 기계로 쓰면 쓸데없이 속도가 빨라지고 문장이 늘어진다."

원고지에 직접 글을 쓰면 쉽게 수정할 수 없으니 한결 신중해진다는 것을 모를 리가. 글을 쓰는 속도가 생각의 속도를 따라잡지 못할 때 발생하는 지체와 방해, 지연이 사고와 문장을 한결 심도 있게 만들지도 모르겠다. 작가는 자신의 연필이 '구석기 사내의 주먹도끼, 대장장이의 망치, 뱃사공의 노를 닮기를 바란다'고도 했다. 이 거창한 수사가 무슨 소리인지 잘 모르겠지만, 그 망치와 노가 편집자의 업무를 늘린다는 것은 알겠다. 그의 필체를 본 적 없으되, 다만 악필이 아니길.

글쓰기론에 대한 기사를 볼 때 나는 언제나 내 학생들을 떠올린다. 그들의 글쓰기에 도움이 될지 아닐지만 고려한다.

나의 글쓰기를 대할 때 주눅 들고 경직되는 이야기라면, 외면해도 좋다. 누군가의 예술론이 내 창작에 흥을 돋구지 못한다면, 내 사고가 얕고 문장이 늘어지는 것에 대해 질책을 받는 기분이 든다면 과감히 듣지 말자. 거장의 예술론 앞에서 취미 예술가들은 쉽게 반성을 한다. 공중화장실 문에도 나를 반성하게 하는 명언들이 빼곡한 나라에서 성장했다면 반성

의 거장일 확률이 높다

거장은 못될 팔자인지, 나는 대작가들의 예술론을 들을 때마다 묻고 싶은 것이 많다. 화려한 글감옥을 논한 A가 감옥에 스스로 갇혀 글과 사투를 벌일 동안 누가 아이들을 먹이고 씻기고 입혔는지를, 일생의 대작을 쓰기 위해 탈고 전까지 머리를 감지도 몸을 씻지도 않았다는 B의 동반자는 그 시간을 어떻게 견뎠는지를, 언제나 순백의 한복을 입고 작업하는 C의 빨래는 누가 해주는지를 궁금해하는 것이 나의 취미다.

마침 당시에 나는 잎채소를 팔고 있었다. 매일 오후 세 시간은 밥벌이와 관련된 어떤 중대한 의뢰가 오더라도(나는 생존형 프리랜서 기자였다) 무조건 내 글을 쓰자고 작정했는데, 워드 파일을 열자마자 이번 주 채소 판매 목록이 도착했다. 같은 책상의 글쓰기 동료들은 창작 에너지에 둘러싸여 열렬히 키보드를 두드리는데 나 홀로 밥벌이 감옥에 갇힌 기분이 들었다. 고독했다.

온전히 예술만 추구하고 싶다. 예술 때문에 고독해보고 싶다. 연필에 침을 묻혀가며 숙연하게 한 자 한 자, 몸으로 글을 밀어내고 싶다. 치앙마이든 하와이든 한국어가 들리지 않는 휴양지에 또는 흐리고 으스스하고 인적이 없어 할 일은 오로지 글쓰기뿐인 베를린 에어비앤비에서 100일 정도 홀로 글을 쓰면 나는 얼마나 나은 작가가 될까. 아, 화려한 글감옥에 갇히고 싶어 안달이 난다.

작업-생계-가사의 트라이앵글 안에서 늘 같은 노래를 읊조리기만 할 뿐, 어쩔 방도가 없다는 것을 잘 안다. 내가 돌연 글감옥에 갇혀버리면 '나'의 역할은 누가 하나. 나는 우리집의 가장이다. 나는 돌연 사라져버릴 수가 없다. 내 가족이 한국에 거주하는 외국인인 사정으로, 나는 은행과 관공서와 모임에서 내 가족의 통역사 역할을 한다. 글감옥에 갇혀 예술과 사투를 벌이는 동안 내 가족이 나 없이 고독하기를 바라지 않는다. 이쯤 되면 연필로 쓰든 붓으로 쓰든 나는 모르겠고, 재빨리 글을 쓰고 수정하게 해주는 테크놀로지의 무한한 베풂에 감사를 드려야 하는 게 예술가로서 나의 공손한 자세다.

서재가 없어 공동 거실에서 온갖 종류의 방해를 받으며 소설을 쓴 작가는 제인 오스틴이다. 그녀는 방문객이나 하인, 가족, 친지의 의심을 받지 않도록 주의하며 글을 썼다. 누가 지나갈 때마다 원고를 감추었을 그녀의 기민함을 떠올리면 기분이 나아진다. 손에 익은 만년필이 없어지자 '워드 프로세서'를 거쳐 마침내 컴퓨터에 적응해 수많은 작품을 남긴 박완서 작가의 유연성을 떠올린다. 다섯 아이를 키우면서도 예술가로서의 자신을 포기하지 않았던 그녀 덕분에 기분이 조금 더 나아진다. 나는 혼자가 아니다.

갈망이 커져갈 때면 글쓰기 수업에서 만난 여성들을 떠올린다. 두 돌 아기를 혼자 돌보는 나날 속에서 잠시 숨 쉴 곳을 찾기 위해 글쓰기 수업에 온 수강생에게 나는 '아기를 돌보는 동안 어떤 감정이 드냐'고 물었다. 한참 고민하던 그가 대답했다. 감정을 느낄 틈은 없노라고. 우문에 부끄러워진 나는 '시간이 정 없으면 핸드폰 음성메모를 켜고 순간순간의 마음을 기록하라'고 보탤 수밖에 없었다. 출산과 육아 경험의 디테일을 증거하고 기록하기 위해서.

좋았던 순간을 적어보라는 과제에 '자정에 혼자 들꽃을 보러 간 일'을 써낸 이를 기억한다. 두 아이를 둔 워킹맘인 그는 매일 10시까지 야근하는 회사에 다녔다. 늦은 밤, 버스에서 내려 걸어간 곳은 동네 공원이었다. "잠들기 전에 꼭 아름다운 것을 보고 싶었어요."

보고서 더미와 장보기 어플 사이에서 흘러가는 하루하루.

어두운 공원에서 작은 들꽃을 물끄러미 바라보고 앉은 뒷모습을 떠올린다. 누군가는 기어코 어떻게든 작은 구원을 향해 걷는다. 내가 아는 아름다움은 그런 것들이다. 내가 좋아하는 예술의 가치는 이런 것들이다. 삶과 유리되지 않되 삶을 더 나은 방향으로 이끄는. 한 명 한 명이 예술가로 살아가게 하는. 비록 그것이 전혀 엄숙하지 않고 몹시 소박할지라도.

책 한 권을
쓰려고
마스크 팩을
45개 샀다

– 10분 동안은
집중하겠지,
싶어서

한 명은 가스불에 구워지는 오징어처럼 몸을 뒤틀었다. 이어 또 한 명이 굵직한 비명을 질렀다. 누구는 고개를 노트북 화면에 파묻고, 또 누구는 넋이 나간 듯 머리칼을 뜯으며 웃었다. 소글 워크숍에서 제한 시간 10분 동안 글을 쓴 후, 옆자리 사람이 자신의 글을(비문과 맞춤법 파괴와 시간이 없어 상투적으로 써버린 표현과 감출 시간이 없어 적나라하게 드러나버린 '생짜' 마음을) 읽어줄 때의 반응을 조금 과장한 것이다.

나는 연극 톤으로 말하며 마녀처럼 웃는다. "고통스러워요? 그러나 어쩌겠어요? 여러분이 스스로, 이 폭우 쏟아지는 날에, 굳이, 피곤한데, 밥도 못 챙겨 먹고, 여기까지 왔잖아요. 주도적으로 맛보려고, 이 고통을!"

타인의 '생 초고'를 보는 경험으로 용기 얻기

글쓰기 수업 커리큘럼을 고안하며 '급히 쓴 글을 다른 사람의 목소리로 들어보는 체험'을 넣은 것은 일대일 수업 수강생의 말 덕분이었다. 30분 동안 휘갈겨 쓴 초고 한 편을 그에게 보여줬는데 실은 그렇게 완성도가 떨어지는 글인 줄 몰랐다. 남프랑스 여행지에서 꽃향이 나는 꿀과 버터를 바른 바게트에 에스프레소를 마시며 아침식사의 낭만을 찬양한 에세이였다. 여행자로서의 고양에 반쯤 취해서 모든 문장이 햇살처럼 찬란해 보였다.

"이 글을 읽고 용기가 났어요. 사실 타인의 초고를 볼 일이 거의 없잖아요. 책들은 모두 퇴고, 교정, 편집을 거쳐 완성된 글이니까, 내가 쓰는 초고가 몹시 초라해 보이기 십상이고요. 작가도 초고는 이렇게 헐렁하구나…… 이래도 되겠구나…… 싶어서 제 완벽주의를 누르는 데 큰 도움이 되었어요."

허허. 잔잔한 충격을 받았으나 이내 긍정적 방향으로 활용했다. 첫째는 내 초고의 완성에 대한 것이었다. 실수로 타인에게 보여줌으로써 세상에 '존재'하게 되었으니 이 이야기는 어떻게든 고쳐져 책이 될 터다. 둘째는 수업에 대한 것이었다. 다른 사람의 '초고'를 보는 경험이 작가로서의 용기를 고양시킨다는 점. 슬픈 이야기지만 실용적 측면이라면, 다독이나 다작이 꼭 좋은 작가가 되는 지름길은 아니다. 훌륭한 책을 읽는 만큼 완벽주의는 커져간다. 독서량이 늘어난다면 그만큼 타인의 실수투성이 초고를 잔뜩 보는 경험을 하자. 그 힘으로 완벽주의를 매일 1센티미터씩 밟아주기로 하자.

완벽주의가 없어서 편안한 사람은 이쯤에서 이 글을 그만 읽을 것이다. 부디 그랬으면 좋겠다. 이 글은 완벽주의 때문에 미쳐서 팔짝 뛸 것 같은 나 같은 사람만 읽었으면 한다. 프리랜서 기자를 준비하던 시절 글쓰기 아카데미를 두 곳이나 수강하면서 과제를 딱 한 번 냈다! 머릿속의 환상적인 아이디어가 초라한 한글 파일에 앉혀져 실체가 되는 것을 견딜 수 없어 아무것도 할 수 없었다. 처음이자 마지막으로 어쩔 수 없이 낸 한 편의 과제는 수녀가 된 친구를 인터뷰한 기막히게 흥미로운 기사였음에도 '졸작이다'라는 생각에, 선생님이 리뷰를 해주기 직전에 도망치듯 집에 와버렸다.

귓갓길 내내 '내 글은 대왕쓰레기다……'라는 말이 맴돌아 귀가 터질 지경이었는데, 글을 평가할 기준과 능력이 부족했음에도 불구하고 그렇게 한 것은 실은 '완벽하고 싶어서'였을 것이다. 최고가 되고 싶어 안달난 근거 없는 자학이 닥쳐오는 일은 하나도 놀랍지 않다.' 타인이 나를 미워하기 전에 내가 먼저 재빨리 나를 미워할 거야! 그러면 충격을 받지 않을 테니까!' 자학과 자기혐오는 지나친 자기애의 뒷면이다. 평가에 대한 두려움에 대항하는 '범퍼'다. 물론 효과는 별로 없다.

나는 한국 여성의 완벽주의가 OECD 1위를 차지하리란 사실을 의심하지 않는다. 나는 글쓰기를 하려는 사람들의 완벽주의 지수를 만만하게 보지 않는다. 아이 둘을 키우며 장녀로서 부모님을 챙기고 매일 밤 10시까지 야근을 하면서, 다음 날 자정까지 야근하기로 하고 평일 하루 저녁 시간을 내 글쓰기 수업에 오면서 "좀 더 부지런해야 글을 꾸준히 쓸 텐데……"라는 말을 하는 사람도 한둘이 아니다.

OECD에 자학 또는 죄책감 분야가 있다면 그 또한 1위를 놓치지 않을 것이다. 애를 낳으면 맘충, 안 낳으면 애국심도 없는 이기적인 여자. 아아, 워킹맘이라고요? 애의 정서는 어쩌나요? 전업주부인 당신은 남편에게 기생하는군요 따위의 소리의 포화가 쏟아지는 전장에서 나고 자라서 자학이나 죄책감을 체화하는 건 개인의 역량이 아니다.

이런 마음은 고스란히 글쓰기를 방해한다. 한국 사회가 여성을 교육한 방식 중에 '수치심 강화'가 있다. 제가 잘난 줄 아는 여자는 험한 꼴을 당한다는 서사가 스미지 않은 매체가 없다. "나에게 재능이 있다고 믿으면 바보 취급받을 거야.", "괜히 다른 사람한테 보여줬다가 수준이 낮은 게 들통나면 상처받을 테니까 그만두는 게 낫겠다"라는 마음이 생기지 않는 게 더 이상하다. 수치심이 탐구심과 기대, 갈망을 좌절시키고 좌절이 수치심을 배가하는 환상의 상호작용! 이 마음은 본디 창작 작업과 아주 긴밀한 사이다.

수강생들은 '잘 써나가다가 문득 불만족스럽고, 부끄럽고, 바보 같다는 마음이 든다'고 고백해온다. 예술가의 창작 작업에 언제나 따르는 마음이라 이상할 것은 없는데 문제는 이 마음이 여성에게 더 쉽게 작용한다는 것이다.

그들의 완벽주의, 자학, 죄책감을 가뿐하게 뛰어넘을 글쓰기 주제를 고르기 위해 고심한다. 자다가 일어나서 혹은 달려가서 글을 쓰게 되었을 때의 감정을 물었다. 분노와 억울함, 답답함 같은 감정이 가장 많았다. 분노 감정과 발언 욕구를 활용해 과제를 여러 개 만들었다. 스톱워치가 울리면 무조건 키보드에서 손을 떼도록 하면서 말했다. "이렇게 시간이 없으니, 이 글은 우리의 최선이 아니에요. 그저 우연히 10분 동안 생각난 글일 뿐인 거예요." 영화든 그림이든 다르지 않다. 예술은 결코 '완성'되지 않는다. 다만 멈출 뿐. 글도 다르지 않다. 끝은 없다. 어떤 시점에서 그저 손을 놓고, '다 됐다'고 선언할 뿐. 스스로 선언하지 않으면 죽는 날까지 '완벽'이 없다는 사실을 잘 안다.

수업 시간 동안 10분씩 연습한 '완벽주의 부수기'가 그들이 집에 돌아가 홀로 쓸 때도 작용하기를 기원한다. "손 떼요. 다 됐어요"라는 나의 카랑한 목소리가 들리길 음흉히 바라면서.

한번은 '이전의 대화 중에서 미처 할 말을 다 하지 못해서 답답했던 순간을 떠올리고, 하고 싶은 말을 넣어 새로운 대화로 완성하기'라는 주제로 함께 썼다.

완벽주의가 다 뭐냐, 글감 찾기의 어려움이 다 뭐냐. 우리들은 마음속에 쌓아둔 위대한 글쓰기 책 더미를 단 1초 만에 불태워버리고, 키보드를 부수었다. 10분 동안의 전투가 요란했다.

정아는 '이런 집에 사는 애가 무슨 화가가 된다고'라는 말을 한 친척을 떠올렸다. 열 살로 돌아간 그녀는 선명한 목소리로 저항했다. "동네 사람들, 여기 좀 보세요. 어린이의 꿈을 짓밟는 이상한 사람이에요. 여보세요. 이런 가난한 집에 왜 와서 과자를 축내세요. 자기 집 가세요." 강의실 문을 나서며 그가 내게 속삭였다. "시원해서 죽을 것 같아요." 내면의 어린아이에게 위로를 전한 그의 눈빛에 강인함이 깃들어 있어서 기뻤다.

명주는 명절 때마다 '못난이'라고 어린 자신을 놀린 삼촌에 대해 썼다. "저는 제 외모가 맘에 드는데요. 삼촌은 나날이 늙고 있지만 저는 나날이 눈부시게 성장하니까 질투가 나서 그따위로 말한 것 알아요. 어린 조카에게 무례한 말을 한 것 사과하세요." 그는 마침표를 찍으며 껄껄 웃었다. "추석이 내일모레라서 설레요. 삼촌 만나서 사과하라고 할 거예요. 20년도 더 지난 일이지만 꼭 사과받고 싶어요. 아마 기억도 못하겠지만 괜찮아요. 제가 오늘까지 매일매일 그 말을 떠올렸다는 게 중요해요. 글로 써도 이 정돈데 직접 말하면 얼마나 통쾌하겠어요."

쓸 것이 터져 나오는 순간의 황홀함을 느꼈다면 절대로

잊지 말 것. 매일 '글 쓰기 무서워 죽을 것 같은 순간'에 꺼내어 볼 것. 완벽주의를 부수는 방법 중에 이 둘이 최고다.

어쩌다 덧붙이는 말

완벽주의로는 강사인 내가 수강생들을 너끈히 이길 정도로 세계 최고인데, 불행히도 아무도 나에게 수업을 해주지 않으므로…… 할 수 없이 마스크팩 마흔다섯 장을 샀다. 이 글은 로즈향 마스크팩을 붙임으로써 시작되었다. 10분 동안 아무 말이나 쓰기 시작했고, 정신 차려 보니 두 시간이 흘러갔다. 창작 욕구와 창작 공포의 전쟁 속에서, '마스크팩을 붙이면 방 밖으로 나가지 못함'을 이용해 오늘의 완벽주의를 그럭저럭 부수었다.

너는 나의 팬으로,
나는 너의 독자로
그렇게 오래도록
함께 쓰자

- 우물쭈물하고
  있을 때
  살며시
  등을 밀어주는
  체온

송은 쓰씀작업실에서 열린 쓰기 모임에 대해 이렇게 썼
다. '우물쭈물하고 있을 때 살며시 등을 밀어주는 체온'. 전생
에 사전편찬자였나, 감동하며 일기장에 옮겨 적었다.

체온 정도면 충분했다. 서로의 이야기에 귀를 기울이는
것, 당신의 이야기를 계속 듣고 싶다고 부추기는 것. 그것뿐
이었다.

작업실에서 열린 화요쓰씀, 토요쓰씀에 참여한 모두의 글
이 흥미로웠는데, 그들은 서로를 질투하지 않고 사랑했다. 기
분이 좋은 누군가가 그날 기분이 좋지 않은 다른 멤버를 도울

수 있는 상태였다. 어떤 순진하고 과장된 이야기도 받아들여졌다.

매주 모여서 여행과 가족과 일과 몸과 꿈에 대해 우리는 쓰고 말했다. "야, 온몸을 밀며 글 쓰기? 됐고. 화려한 글감옥? 됐다. 아, 왜 징징 짜. 웃으면서 해." 어떤 거장의 글보다 서로의 글이 더 궁금했고 흥미로웠다.

어린아이를 가족에게 맡기고 순식간에 예술가로 변모하던 친구들. 다정한 맏언니처럼 언제나 귀하고 맛있는 간식을 준비해 멤버들을 챙기던 친구들이 모임을 더 풍성하게 만들었다. 누구보다 섬세한 문학적 영혼을 지녔으나 경멸과 조소로 가득한 제도권 창작 강의에 마음을 다친 친구들이 종종 울 때면, 덩달아 마음이 아파왔다. 이미 훌륭한 작가이지만 스스로 그 사실을 알지 못했던 여러 명의 여자 친구들이 놀라운 속도로 책 한 권 분량의 글을 썼다.

누군가는 소설을 시작했다. 우리는 그에게 "문체가 남달라요. 소설 써보면 어때요?"라며 칭찬했고, 칭찬 에너지는 당장에 소설 초고 한 편을 완성하게 만들었다. 1이 2의 등을 밀고 2가 3의 등을 밀고 3이 4의 등을 밀고, 마치 쇼트트랙 같은 칭찬의 계주.

칭찬할 것이 없는 사람은 없었다. 흔히 '칭찬할 게 있어야 칭찬을 하지'라고 하는데, 칭찬의 정의를 새로 매기면 된다. "체크무늬 셔츠를 입었네. 보라와 노랑의 격자무늬가 예쁘다"처럼, 그 셔츠가 얼마나 고급스럽고 잘 어울리는지가 아니라, 그 색과 무늬를 이야기하면 되는 거다. 웃긴 글엔 웃고 슬픈 글엔 울고 고민을 적은 글은 질문하고 토론했다. 우리의 칭찬은 '대화'로 재정의되었다. 나의 이야기에 바로 독자가 생기고 그가 자신의 일상과 기억을 되짚어보니, 글이 날개를 단 기분.

쓰기 모임에 대한 오해가 많다. 우선 채찍질 같은 비판이 글을 완벽하게 만들 것이라는 오해. 글에 대한 피드백을 받아 모든 단점을 뜯어고쳐서 완전히 다른 스타일로 수정하려는 사람도 보았다. 제발 그러지 말자.

나도 언제나 나를 우아하고 차분하게 만들고 싶다. 하지만 그런 연기를 시작하면, 내 삶을 늘 새로운 곳으로 흘러가게 만든 흥과 주책 그러니까 즉흥적이고 활기찬 태도도 고개를 감추는 것처럼, 글의 면모를 완전히 다르게 만들고 싶다는 욕망은 별로 좋지 않다.

누군가 내 글에 대해 정직하게 평가해준다면, 감사히 들겠다. 하지만 폄하를 당하고 독설을 받는 것은 글쎄, 무엇에 도움이 될까? 한을 쌓는 것? 오기를 갖는 것? 돌이켜 보건 대, 독을 품고 글을 열심히 쓴 적은 없었다. 거하게 욕 좀 먹어보려 소설 쓰기 합평 수업에 간 적도 있는데, 모두의 의견에 하품이 나서 낙서만 하다 돌아왔다. 소설을 완성한 사람은 50명 중 단 한 명이었다. 합평이 두려워서일까, 혹은 흥이 안 나서일까? (참고로 나의 이야기는 10년 전이다. 요즘의 소설 수업은 꽤 재미있다고 들었다.)

쓰기 모임에서의 약간의 긍정적 압력과 무한한 격려, 첫 번째 독자로서의 자연스러운 감상이나 질문 정도가 훨씬 나았다. 그러한 과정에서 잠재되어 있는 장점과 매력들이 빛을 발하곤 했다.

1년 조금 못 되게 매주 씀씀작업실을 운영하다 지금은 잠시 쉬고 있다. 누구도 나를 침범하지 않을 것이라는 안도와, 누구나 나를 지지해줄 것이라는 든든함. 씀씀작업실에서 배운 것을 혼자 쓸 때에도 늘 기억하려 한다. 오프라인 쓰기 모임을 하지 않으니 아무래도 꾸준함이 부족해져서 단체 카톡방을 하나 팠다. 이름은 소글소글. 별것 아닌 것 같은 작은 글들을 매일 모아서 나를 좋아해보자는 취지의 이름이다. 단톡

방에서는 글을 시작할 때는 "씁니다!"라고 외치고 마쳤을 때는 링크나 사진으로 글 완성물을 올려 공유한다. 온라인이라서 글들을 함께 논하지는 않는다. 일종의 캠스터디cam study 같은 건데, 그것만으로도 효과는 예상보다 훨씬 좋다. 글쓰기는 고치 속에 들어가는 기분이 들어서 외롭고 무서울 때가 있다. 누군가 날 지켜보고 있다는 느낌만으로도 효율이 열 배는 늘었다. 서로가 서로의 일기장 팬이 되어간다.

남미든 유럽이든 달이든 화성이든, 어디든 가도 이 단톡방과 함께 글을 쓰면 무적이다.

2부

마음을 쓰는 일

당신의 불안에 이름을 붙여주자,
불안에 언어를 만들어주자.

그냥
단숨에
굴러떨어지면
된다

- 충계에서
  발을 헛디딜까
  불안하다면

소는 불안증 환자다. 초등학교에 입학한 해에는 아침마다
화장실을 들락거렸다. 학교에는 괴물의 검은 입 같은 화장실
이 있어서 그 안으로 빨려들까 봐 두려웠기 때문이다. 불안
이 아니었으면 대학에도 가지 않았을 것이다. 불안에 추격당
하며 공부했다. 왜 하는지는 몰랐다. 나이를 먹어가면서 놀라
울 정도로 나아졌지만, 여전히 불안이 있다. 매일 가지고 다
니는 파우치에는 세 가지 종류의 아로마 오일과 엘테아닌(차
에 들어 있는 아미노산 성분으로 신경계를 안정시키는 효능이 있다)
을 상비한다. 상태가 어떻게 달라질지 알 수 없으므로. 여기

에 거리에서 쓰러질 정도는 아니지만 불안을 다루는 데에 에너지를 많이 쓰기 때문에 격렬한 성공은 다른 분들에게 양보하는 정도?

고백은 자유를 준다. 글 쓰기 싫어서 체한 것 같을 때마다, 가장 부끄러운 것 하나를 고백하는 습관이 있다. 오늘이 그렇다.

20대에는 늘 절절맸다. 세상에 쉬운 게 아무것도 없는데 그게 오래된 불안 때문인지를 알지 못했다. 자신의 병명을 모르면 거대한 의문에 휩싸이게 되니까.

"보고서 가져올 적마다 얼굴이 빨개요." 다정한 선배의 말에 또다시 얼굴이 붉어졌다. 전철역과 회사를 잇는 육교가 두 동강 나는 상상을 했다. 남보다 앞서 갔기 때문에 죽을 수도, 뒤처졌기 때문에 죽을 수도 있었다. 떨어지는 조각이 앞일지 뒤일지 알 수 없으니까. 미칠 것 같을 때마다 술을 마셨는데, 그게 매일이었다. 야근을 하는 날이면 동료를 붙잡고 술을 마셨다. 잔뜩 취해 같이 잤다. 관계의 긴장이 끊어지면 불안하진 않으니까. 층계에서 발을 헛디딜까 불안하면 그냥 단숨에 굴러떨어지면 된다.

기자로 전직하려고 글쓰기를 연습하기 시작했다. 글쓰기 강의를 들으니 더 불안해졌다. 지옥으로 가는 길은 부사로 이루어져 있다고? 주어를 매번 써주면 안 된다고? 길게 늘어져서 독자를 잠들게 해서는 안 된다고? 그때 금지와 금지와 금지와 금지로 이뤄진 강의를 들으면 화가 나서 잠이 왔다. 강사는 그럴싸하게 형식을 갖춘 글에는 엄지손가락을 들어주었고 처음 시작해서 머뭇거리는 글은 자세히 봐주지도 않았다. 나는 글의 완성과, 완성 후 공개까지 이어지는 불안으로 팡 터져버릴까 봐 과제를 하지 않았다. 과제를 낸 날은 너무 불안해서 합평 시간에 집에 와버렸다. 이러거나 저러거나 엄청나게 이상한 학생이었다.

글쓰기를 시작한 것은 글과 글이 아닌 것을 구분하는 습관을 버리고 나서부터다. 공포가 표현 욕구를 이기지는 못했다. 일기를 썼다. '관종'의 피가 흐르는지 나는 일기도 언제나 만인이 볼 수 있도록 공개된 플랫폼에 쓴다.

블로그에 끼적인 불안일기와 분노일기 몇 줄을 보고 친구가 글이 좋단다. "이게 무슨 글이야" 하고 손사래를 치니 친구가 지지 않고 "그럼 그게 글이 아니야? 그럼 대체 뭐가 글이야?" 한다. 그러게. 제목이 없다고 글이 아닐까? 원고지 10매가 아니면 글이 아니야? 그래, 10초만 추어도 춤은 춤이지.

'자기 글을 가차 없이 대해라. 그렇지 않으면 다른 사람이 그럴 것이다'라는 글쓰기 격언이 있다. 그 페이지를 찢어버렸다. 그리고 영화〈패터슨〉을 떠올렸다. 버스기사 패터슨은 매일 시를 쓰지만 다른 사람에게 보여주지 않는다. 세상에서 가장 사랑하는 한 명만 빼고. 아내.

잘 들어.
누구도 자신의 글을 가차 없이 대하면 안 돼.
나든 남이든 마찬가지야.

불안할 때마다 쓰니, 글이 모였고 누가 책으로 내라기에 냈다. 가끔은 지난 세월이 억울해서 자다가 벌떡 일어나곤 한다. 불안할 때 글을 쓰면 된다고 왜 아무도 안 알려줬어요?

글쓰기 수업을 하면서 아주 많이 놀랐다. 불안으로 나라가 터져버리는 것 아닐까 싶을 정도로 불안은 일상화되어 있었다. 56색 정도의 다채로운 불안을 만났다. 너무 떨려서 언제나 술을 마시고 과제를 쓴다는 고백이 적힌 이메일도 한둘이 아니었다. 긴 글을 완성할 때마다 울게 된다는 사람들을 마주했을 때는 안아주고 싶었다. "극도의 불안 상태로 글을 쓰고 그것을 마치면 탈력감에 휩싸여요." 쓰다 덮어둔 글을 절대로 다시 볼 수가 없다는 사람도 있었다. 불안이 거울에 비치면 그 안에서는 공포가 솟는 것이었다.

이렇게 불안한 일을 왜 이토록 성실히 할까. 글쓰기 수업에 왜 오냐는 질문을 던졌다. 울지 않고 잘 쓰고 싶어서일 거라고 짐작했는데 답은 의외였다. "살려고 와요."

표현은 다양했으나 뜻은 하나였다. 살기 위해. 매일이 어지러울 정도로 불안하고, 그 불안을 일주일마다 직면하고 소화하기 위해 글을 쓴다는 말이었다. 직장인이든 프리랜서든 아이가 있든 없든 마찬가지였다.

표현은 생존이다. 그리고 생존을 위한 그 표현이 재능이기도 하다. 너의 불안에 이름을 붙여주자, 불안에 언어를 만들어주자고 다짐하고 권유했다. 수업을 마칠 때마다 콧노래를 불렀다. "우리는 불안의 두레. 불안의 품앗이."

'불안 페이'로 초콜릿과 캐러멜, 쿠키를 잔뜩 주문하고 수업날을 기다린다. 불안한 사람이므로 나의 불안에 대해 쓸 때조차 이 글이 낭떠러지로 떨어져버리진 않을지 아니면 글을 쓴 후에 울적해지는 건 아닌지 세상만사가 다 불안함에도 불구하고 그 불안에 맞서기 위한 동작으로서 다리를 달달 떨면서 말랑카우를 열 개나 까먹으면서 글을 쓴 기억 때문이다. 수북하게 쌓인 캐러멜 껍질을 앞에 두고 자신의 글을 떨리는 목소리로 읽어나갈 때, 우리는 다이빙을 하는 것처럼 결연해진다.

그럴 때마다 내가 가장 두려워하는 수영을 떠올린다. 오랫동안 수영을 배우지 않은 것도 불안 탓이었다. 동해 바다에 빠져서 죽을 뻔한 이후로 물 공포가 생겼다. 발밑에서 해일이 몸을 집어삼킬 것 같았다. 어떡하지? 친구는 불안에게 매일 인사를 해주면 때로 알아서 잠잠해진다고 말했다.

"너무 무서운데 매일 아침 그냥 갔어. 1년 동안 자유영 하나만 했어. 선생님도 나보고 인내심이 대단하다고 하더라. 이제 자유영 하나로 물놀이를 잘할 수 있어서 행복해."

친구의 말에 수영강습을 등록했다. 매일 불안의 얼굴을 마주해야지 다짐하고 갔는데, 신나기만 했다. 불안을 불안해하는 불안이 더 컸던 것이다.

매일, 단것을 먹고 차를 마시며, 불안해하자. 그러면 된다.

불안할 때는
일단
휘갈겨 쓰자

- 내가
  대화 중에
  화장실에
  가는 이유

버스에서 내려 반대 방향으로 걸어가다가 뒤늦게 정신을 차리거나 닭으로 육수를 내겠다고 냄비를 가스불에 올려놓고 깜박하는 바람에 잼으로 만들어버리기도 한다. 주로 글쓰기 친구들의 에세이를 읽고 그에 대한 리액션으로 내 글의 글감을 메모할 때다. 한 가지에 집중적으로 몰입할 때 현실의 버튼을 완전히 꺼버린다는 점이 문제다. 지금껏 기억력이 나보다 안 좋은 사람을 본 일이 없다. 그렇다면 양자 선택이다. 제때 집에 도착하거나 맛 좋은 요리를 만드는 건 포기하고 글이라도 열심히 쓰자는 생각이다. 글감을 잊어버리는 것보다 그 편이 훨씬 행복할 테니.

언젠가 멀티태스킹이 뇌를 손상시킨다는 기사를 보았다. 나의 여자친구들은 모두 멀티태스킹의 달인이다. 왼손으로 아이에게 이유식을 먹이며 오른손으로 내일 아이에게 먹일 유기농 과자를 검색하는 식이다. 작업실 대표인 친구는 트라우마에 대한 심도 깊은 에세이를 쓰다가 집주인을 상대하고 인스타그램 메시지에 대응하고 택배를 받고 급한 작업실 청소를 하다가 다시 에세이로 몰입한다. 생활인과 직업인에게 서재에 틀어박혀 온전히 글만 쓸 시간은 드물게 주어진다.

나도 마찬가지다. 나는 한때 글쓰기 강사를 하며 유기농 채소를 판매하고 에세이 책을 마감했으며 가족의 비서 역할을 하느라 늘 산만하게 다녔다. 아! 우리는 먹고살기 위해 분주하다. 그래도 질 수 없지. 생활 속에서 늘 글을 조각조각 쓰고 있기로 했다. 점심시간에 20분씩 글을 써서 나흘간 한 편의 초고를 완성한다는 김민철 에세이스트를 떠올렸다(그는 직장에 다니는 카피라이터다). 나에게도 '아이디어의 현장에서 최대한 메모해두기'가 잘 맞았다. 메모하는 와중에 생각이 정연하게 정리되는 효과도 있었다. 여행 중에도 마찬가지. 여정을 하나 줄이고, 에세이 써둘 시간을 벌어두는 게 나았다.

나는 주로 대화에서 글감을 건지는 편이고 글의 소재가
될 만한 좋은 대화는 예상치 못한 순간에 들이닥친다. 뭉툭했
던 나를 '대화'라는 칼이 깎고 갈아서 쓰기 좋은 연필로 만드
는 것 같다. 그럴 때마다 화장실에 가서 짧은 글을 적었다. 에
세이는 장르의 특성상 순식간에 스쳐간 감정이 좋은 글이 될
확률이 높다. 자기 검열을 거치지 않은 생생한 날것이라서다.
그런 것들은 정말이지 스쳐간다. 카페에 들어가기 전에 든 생
각이, 웃으며 커피 주문하고 만들어지는 걸 구경하고 받아들
고 나오는 동안 사라지기 일쑤다.

무라카미 하루키는 여행을 가서도 자신만 알아보도록 몇
개의 단어로만 메모를 한다고 했다. '볼이 붉은 몽골 여인'이
란 식이다. 상세하게 기술해놓으면 오히려 상상력이 제한된
다나. 여러 번 시도해보고 깨달았다. '아, 나는 하루키과가 전
혀 아니구나. 나에게는 대화의 맥락, 뉘앙스, 사용한 단어, 화
법 등의 디테일이 꽉 찬 긴 메모가 필요하구나!' 메모가 길면
그 자체로 초고가 된다. 듬성듬성 단어 몇 개가 적힌 짧은 메
모라면 그 자체로는 당시의 감정이 다 떠오르지가 않는다.

'별것 아니었네' 싶어 지나치게 되기도 한다. 하지만 길게 줄줄 써 있다면, 그 자체로 거친 초고다. '조금만 더 수정하면 한 편 나오겠네'라는 기대감 때문에 의욕마저 넘실거린다.

노트북을 열어 에버노트나 페이스북, 트윗 등을 고루 켜놓고 장을 보듯 느긋하게 둘러본다. 자, 오늘은 어느 곳의 물이 좋은가. 어떤 메모가 오늘의 기분에 잘 어우러지는지 살핀다. 때로는 두 개의 긴 메모를 합쳐 하나의 주제로 묶기도 한다. 연관성 있는 메모라면 대여섯 개를 묶어서 한 편으로 만들기도 한다. 자석에 철가루가 사사사삭 붙어 올라오듯 메모 여러 개가 하나의 주제로 모인다.

한때는 트위터와 페이스북을 글감 저장에 이용했다. 기자에서 작가로 전환할 때의 습관이었다. 기자로서의 습성은 적은 분량이더라도 글이 '퍼블리싱'되어야만 안심하게 했다. 자기 검열을 차근차근 버려가는 '초보 작가'로서 서둘러 글을 공개 모드로 바꾸어버리는 결단력과 과감성을 연습하던 중이었다. '좋아요' 하나가 올라오는 순간, 완벽하게 다듬어지지 않은 아이디어지만 어쩌다 보니 세상에 출력됐고, 내가 이 아이디어의 주인으로서 이것을 수정하고 보완해 긴 글로 완성할 책임이 있다고 나를 다독였다.

하지만 아이디어를 SNS에 올리는 것에는 장단이 뚜렷했다. 곽재식 작가는 그의 저서에서 'SNS에 올리고 싶은 순간참는다. 아무 데도 올리지 않고 묵힌다'고 했다. 지금은 그의 말에 깊이 공감한다. 나 역시 길게 쓰고 싶은 것은 나만 볼 수 있는 툴에 저장하는 편이다. 트위터에 200자로 쓰고 나면 그 자체로 만족감이 들어버려서다. 이야기가 '완결'되었다는 안도가 더 쓰고 싶은 욕구를 잠재워버리는 경험을 몇 번 하고 나서 깨우친 감정이다. 스스로 호기심과 탐구욕을 유지하도록 애써야 더 많은 글을, 더 좋은 글을 쓸 수 있다.

트위터나 페이스북, 브런치, 인스타그램 등에서 호응을 얻는 소재와 주제와 글의 스타일이 무조건 좋은 책으로 태어나는 것은 아니다. 간혹 브런치 사이트에서 읽을 때는 매력적이던 챕터가 책으로 발행되었을 때 이상하게도 매력이 떨어지고 가볍게 보이는 경우가 있다. 언젠가 친하게 지내는 편집자가 지나가는 투로 "○○ 작가는 전체 원고의 흐름에 꼭 필요한 원고는 계속 미루고 브런치에서 눈길을 끌 만한 자극적인 소재의 글만 보내와 걱정이에요"라고 푸념하는 말을 듣기도 했다. 간혹 수강생들의 원고 중에 고요하게 혼자의 힘으로 밀고 간 뒤 편집자에게 한 방에 투고하면 좋을 만한 주제와 소재를 발견한다. 그런 원고가 브런치 사이트 등에서 인기를 얻지 못해 사장된다면 너무 안타까운 일이 아닐까.

그래서 요즘 나는 브런치에 글을 쓸 때도 '작가의 서랍'에 넣어두고 묵히는 편이다. 메모라도 '이미 완성을 앞둔 글'인 듯 스스로에게 자기 암시를 하는 것이다. 당시에는 지루하고 짜증이 났던 대화가 세상을 돌아보는 글로 나아가기도 한다. 어젯밤 인터넷 게시글에서 댓글로 달고 싶던 내용을 길게 써둔다. 누군가의 일상을 보고 나의 비슷한 경험이 떠올랐다면 자세히 써둔다. 시간이 며칠 흐른 뒤 묵힌 것을 보면 그때 잘 몰랐던 것, 미처 챙기지 못한 것, 덧붙일 것, 고칠 점 등이 보인다. 그래, 바로 지금이 차분하게 글의 완성을 향해 달려갈 때다.

쓰는 동안
우리는
불완전하고
취약하다

– 가장
불안한 것이
가장
완벽한 것

언제나 기분은 개떡 같았다. 정확히 언제부터인지는 모르
겠지만 적어도 기억이 나는 시점부터 그러했다. 남들도 나처
럼 개떡 같은 기분을 가지고 노력해서 살아가는 줄 알았다.
혹은 기분에도 국가가 있다고, 이를테면 기분 유러피언과 기
분 한국인이 구분되어 있다고 상상해버렸다.

내 안에는 타고난 쾌활과 유쾌가 있어서 내면의 불편감을
잘 메이크업할 줄 알았다. 넷플릭스 TV쇼 〈크레이지 엑스 걸
프렌드〉에 나오는 레베카 번치처럼. 언제나 드라마틱한 표정
과 포즈, 남보다 두세 톤 높고 빠른 목소리. 웃을 때도 울 때

도, 이모티콘을 박아놓은 것처럼 표정이 뚜렷하다. 모르는 사람을 만나도 낯을 가리지 않고, 열정도 호기심도 충만하다. 하지만 다이내믹하고 드라마틱한 성격만큼, 내면의 불편감도 상당하다. 감정은 언제나 용암처럼 부글거린다. 활화산처럼 화끈하게 터져버리지도, 그렇다고 호수처럼 고요하지도 않은.

나의 개떡 같은 기분의 주 원인은 내가 '1등러'라는 점 때문이었다. 타고난 1등러 성향에 한국 여성으로 교육받은 '완벽해지되 언제나 겸손할 것'이 합쳐지니, 분열이 팝콘처럼 24시간 내내 튀어올랐다.

예컨대 이런 식. 시험에서 1등을 해야 될 것 같은 생각에 밤을 새워 공부에 몰두한다. 기어이 1등을 한다. 2등부터 54등까지 나를 시기할까 봐 전전긍긍한다. 고로 불편하다. 가끔 2등이나 10등을 한다. 어쩐지 겸손한 존재가 된 것 같아서 편안한 것도 잠시, 이내 이 상황도 불편해진다. 내가 1등이 아닌 사회는 내게 대가를 치르게 할 것이라고 교육받았기 때문이다.

1등러의 암흑 기운은 공부뿐만 아니라 인생의 모든 장면에 스며들었다. 파티에서 모두의 주목을 받는 이슈 메이커가 된 날에는 집에 돌아오는 길에 반성문을 쓴다. "혼자 너무 떠벌렸어. 재수 없는 사람으로 보였을 거야." 파티에서 남들 이야기를 듣고 고개만 끄덕거린 날은 돈과 시간이 아까워 잠이 안 왔다. '내가 무슨 짓을 하고 온 거야. 이럴 거면 집에서 책이나 읽었지. 아, 지루하게 보낸 시간 아까워 죽겠네.' 이렇게 살면, 인생의 단 하루도 평온할 수가 없다. 아주 불편하거나 조금 불편한 날의 릴레이일 뿐.

나의 유년기에 가장 지분이 컸던 감정은 '1등이라고 교만했다가 단번에 곤두박질치는 상상'이었다. 내가 가진 모든 동화책의 주제가 그러했다.《빨간 구두》의 카렌은 교회 예배 때 반짝거리는 빨간 구두를 뽐내고 싶어 하는 마음을 품었다가, 두 발목이 잘리기 전까지 춤을 추는 벌을 받았다. 가진 것을 자랑하고 싶어 하는 마음을 가진 사람은, 교만과 허영이라는 주홍글씨가 새겨져 사회 밖으로 내동댕이친다고 배웠다. 마땅히 지녀야 할 자긍심과 자부심, 그것들이 빈자리에는 다른 감정이 잽싸게 끼어든다. '더 잘해야 할 것' 같은 마음이 이글거린다.

몇 년 전, 인생의 전환기를 맞았다. 일과 라이프 스타일의 모든 요소를 재정비했다. 통장 잔액 말고 마음을 들여다보는 일에 시간을 쏟았다. 불편감이 들 때마다 감정 일지를 쓰기 시작했다. 매일 글을 쓰며 과거의 나와 대화를 시도했고 마음 공부에 관한 책들을 사 모았다. 그러다 여성을 대상으로 한 글쓰기 강의를 열었다. 완벽하게 해내고 싶어서, 조금의 비난도 받고 싶지 않아서, 너무도 도움이 되고 싶어서 머뭇거렸던 프로젝트들을 꽤 많이 시도했다. 여러 불편감을 직면하고 수정해나갔는데, 끝의 끝까지 남아 나의 발목을 잡아끄는 감정 중 하나는 '칭찬을 받으면 긴장되는 기분'이다.

무엇을 잘하거나 칭찬을 받으면, 앞으로도 계속 잘해야 할 것 같고 전보다 더 잘하거나 최소한 실망을 시키지 말아야 할 것 같아서 어깨가 경직되거나 확실하게 개판을 쳐버리는 이른바 '완벽주의자'들이라면,《대담하게 맞서기》저자이자 심리 전문가 브레네 브라운의 연구를 찾아보기를 권한다. 그의 책은 완벽주의자들에게 코란이자 성경책이다. 본래 브라운 박사는 사람들 사이의 유대감을 연구하고자 했다고 한다. 그런데 웬걸. 리서치 대상이 된 사람들이 털어놓은 감정은 (유대감은 커녕) 소외와 단절, 그리고 수치심이었다. 그가 말하는 '수치심'에는 여러 요소가 있다. 가장 중요한 요소는 '언제나 부족하다고 느끼는 기분'이다.

언제나 자신이 부족하다고 느끼는 마음. 그 종목에서만큼은 그들보다 한국 여성인 내가 우위를 차지할 자신이 있다. 우리는 언제나 우리가 충분하지 못하다고 말하는 데 익숙하니까.

상사와 시부모에게 말한다. "부족한 저를 받아주셔서 감사합니다." 상을 타면 말한다. "저에게 과분한 상입니다." 글쓰기 수업을 시작하며 고백한다. "제가 글을 써도 될까요?(나는 너무 놀라서, 이 질문의 속뜻을 여러 번 물었다)" 우리의 언어는 수치심을 자극하는 데에 충분하고 또 충분하다.

언제나 자신의 부족함을 염려할 것을 권장하는 사회. 브레네 브라운 박사는 미국이 그러한 사회로 변화하고 있다면, 그것은 9·11사태 후의 '외상 후 스트레스 장애PTSD'의 탓이라고 진단했다. 안전에 대한 믿음은 송두리째 흔들렸고, 사람들의 내면에는 크나큰 상처가 남았다는 것이다.

역경을 겪으면 사람들은 손을 맞잡고 서로를 치유하려 노력할 것 같지만, 현실은 그렇지 않다. 분노의 겹은 얄팍해져서 사소한 일에도 튀어나온다. 서로가 서로를 경쟁상대로 여기게 된다. 서로 비교하고 서로를 소외시키는 사회 속에서, 개인은 끝없는 수치심만을 강화한다. 쓰다 보니, 내가 아주 잘 아는 곳이 떠오른다. 내가 선 땅이다. 이 수치심은 환경적이고 후천적이다. 내가 나고 자란 대한민국의 토양은 수치심을 배양하기에 최적의 환경이기 때문에. '까라면 까야' 하고 '안 되는 일도 되게 만들기' 위해 사람을 몰아세우는 곳. 직원을 관리하기 위해 멸시와 조롱을 사용하는 곳. 남의 외모나 삶의 방식을 지적하고 평가하는 것이 일상화된 곳. 끊임없이 사람들의 순위를 매기는 곳. 위험을 감수하거나 새로운 일을 시도했다간 인생이 한 방에 가기 쉬운 곳, 자신의 경험과 의견을 솔직하게 드러내면 모난 돌이 정 맞는 곳. 가만히 있으면 중간은 가는 곳. 남이 하는 건 다 해봐야 하니까 결혼도 출산도 양육도 해야 하지만, 이혼은 하면 안 되는 곳이다.

우리의 문화를 떠올렸을 때, 사람들이 "저 같은 사람이 글을 써도 될까요?"라고 묻는 건 하나도 이상하지 않다. "잘 쓰지도 못하는데……"라고 머뭇거리는 건 심지어 자연스럽다. "글을 너무 솔직히 쓰면, 나도 몰랐던 내가 튀어나와서 괴로워지는 건 아닐까" 하고 두려워지는 것도 마찬가지다. 그러므로 우리의 글쓰기는 매 순간 결핍감과 부족감을 '극복'하는 방식으로 흐를 수밖에 없다. 우리의 수치심이 후천적이고 환경적인 것이라면, 그것을 극복하는 것도 환경을 재조직함으로써 이뤄질 수 있다. 매일, 책상에 앉으며 나의 수치심을 마주 본다. 내가 모른 척한다고 해서 사라질 게 아니다. 그것은 분명히 있으므로 차라리 직면하고 인정하자.

글쓰기에도 '취약성'이 문제가 된다. 취약성은 약점이 아니라, '상처받기 쉬움'이라는 의미에 가깝다. 나의 진짜 감정, 나의 진짜 역사를 써내려갈 때, 우리는 취약함을 느낀다. 완전히 벌거벗은 느낌을 가지게 된다. 이 글이 어떻게 받아들여질지도 불안하고 초조하다. 나의 고통과 불안, 괴상함, 인생에서 진심으로 바라는 소망에 대해 쓴다면 위험해질 것 같다. 혹시나 독자가 생겨서 그들이 내 글에 대해 호불호를 가지게 된다면, 나는 또 안절부절못할 것만 같다. 그런 생각을 이어가다 보면, 안전지향적으로 나아간다.

이렇다 보니 최대한 객관적으로, 절대로 정치적이지 않게, 나의 성별과 이야기가 전혀 드러나지 않는 완전무결한 글을 쓰고 싶어진다. 쓰는 일을 머뭇거리는 채로, 다른 사람이 쓴 글의 단점을 찾아내는 일을 즐긴다. 용기를 품고 스스로의 취약성을 견디면서 써내려간 글을 심판한다. "요즘엔 개나 소나 글을 쓰네?" 더 안전해진다면 글쓰기를 멈춘다. 그렇다. 쓰지 않는 일이 가장 안전하다. 가장 완벽한 글은 쓰지 않은 글이다. 써진 글에서는 어떻게든 약점을 찾아낼 수 있다. 제목도 문체도 구조도 마무리도 어떻게든 더 나아질 수 있다.

"야, 나는 글을 잘 쓰고 싶어서 미치겠다.", "내가 가장 잘 쓰고 싶어.", "이 글을 내면 욕먹을 거야." 학생들에게 자주 농담을 건다. "쓰고 싶지 않은 소재 있어요?" 저마다 고개를 끄덕인다. "그거 오늘 쓰자고요. 그러면 어떻게 될까?"

이상한 사람이라고, 잘 쓰지도 못하면서 어려운 주제를 다룬다고, 감정 과잉이라고 욕을 먹을 거 같다는 그들을 안심시키고 싶어서 자주 외친다.

"자, 욕 언제 먹을까? 응? 그 글로 욕 언제 먹을까요?"

"어떤 욕 먹을까요? 구체적으로 욕먹을 시기, 욕의 내용, 디테일. 한번 써봅시다."

학생들은 "알았어요, 알았어. 쓰면 되잖아요" 하는 표정으로 노트북을 열고, 나는 기쁜 마음으로 그들이 내는 타이핑 소리를 감상한다. 여섯 날 동안, 집과 회사에서 그들의 수치심이 다시 강화된다 해도 어쩔 수 없지. 그렇다면 또 우리의 타이핑 소리로 그들을 쳐부수자, 다짐하면서 굿바이 인사를 나눈다.

완벽하게 사는 일이 불가능하듯이, 완벽하게 쓰는 일도 불가능하다. 쓰기로 한 이상, 실수와 단점이 드러나기 시작할 것이다. 쓴 글을 남에게 보여주면, 그 실수와 단점이 온 사방에 나비처럼 날아다닐 것이다. 그렇다 해도 어쩌겠는가.

그러므로 우리가 지향해야 할 단 하나의 목표는 '온 마음을 다하는 글쓰기'일 뿐이다. 내면을 외부로 표현할 때의 그 슬프고 실망스럽고 두렵고 부끄럽고 수치스러운 마음은, 그 취약성은 글쓰기와 함께 걸어가는 것이다. 이 감정들은 느껴선 안 되거나 고쳐야 할 것이 아니다. 그런 마음을 말끔하게 없애고 글만 잘 쓸 수는 없다. 미안하지만 당신이 한국 여성이라면, 세상에 공짜는 없다는 말이 적용된다.

브레네 브라운은 취약성을 이렇게 정의한다. "남들 앞에 자신을 드러내고 시선을 받을 용기를 가지는 것이 취약성입니다. 우리 안의 취약성을 인정하고 훈련을 반복하면 대담하게 도전하는 강인함과 감정적 끈기를 기를 수 있습니다. 그러면 우리의 취약성은 창조와 혁신을 이끄는 요소가 됩니다." 그는 취약성에 관한 대중 연구에서 사람들에게 "당신에게 취약성이란 무엇인가요?"라는 질문을 던졌고 그들은 자신의 솔직한 두려움을 고백해주었다.

··· 내게 취약성은

나의 가장 약한 부분을 드러내는 것이다.

내 진짜 모습이 너무 실망스럽지 않기를 바라며 가면을 벗는 것이다.

용기와 두려움이 만나는 지점이다.

더 이상 속에 담아두고 참지 않는 것이다.

무서우면서도 흥분되는 것이다.

나의 전부를 쏟아붓는 것이다.

남들은 모두 옷을 입고 있는데 나만 옷이 없는 것이다.

북적대는 공항에 실오라기 하나 걸치지 않고 서 있는 꿈이다.

박수를 기대하며, 하지만 벌거숭이로 무대에 오르는 것이다.

너무 두렵지만, 그러면서도 살아 있다고 느끼게 해주는 것이다.

이 모든 문장은, 글쓰기 수업에서 만난 사람들이 내게 해준 말과 정확히 일치한다.

"내 마음을 온전히 표현한 글을 썼을 때, 울컥하고 두려우면서도 설렙니다."

죽는 날까지 '완벽한 글' 한 편을 쓰지 못한대도 누가 뭐라겠는가. 그저 매일 한 페이지씩을, 인생처럼 걸어간다. 어떤 날은 두려워 떨면서, 어떤 날은 용기에 가득 차서. 그 모든 날의 용기의 모양이 조금씩 다르다고 해도, 그게 용기라는 것을 의심하지 않고서 나아갈 뿐이다.

글쓰기를 통해 인생의 중요한 목표를 이뤄내도, 혹은 이뤄내지 못해도. 그것을 통해 나를 증명해도, 혹은 증명하지 않아도. 나날이 실력이 나아져도, 혹은 나아지지 않아도. 오늘 내가 쓰는 동안 충만했다면 그것으로 충분하다.

쓰는 동안 우리는 불완전하고 취약하다. 쓰는 일은 언제나 두렵다. 설령 그렇대도 내가 용감하다는 사실, 내 글은 사랑받을 자격이 있고, 내가 전 세계의 모든 읽고 쓰는 여성과 연대하고 있다는 사실은 변하지 않는다.

✥

브레네 브라운 《대담하게 맞서기》를 원전으로 합니다.

글이 맑아서
뭐해요?
마실 것도
아닌데

- 어리석은, 무례한,
  멍청한, 이상한,
  과한, 부담스러운,
  찌질한 사람으로
  보여도 괜찮아요

"읽으면 행복해지는 글, 흐르는 물 같은 글을 쓰는 사람이 좋은 작가죠"라는 댓글을 보았다. 악플 무더기에서 건진, 꽤나 인상적인 댓글이었다. 물론 저렇게 정연한 문장일 리야 없었고 이해 가능하도록 교정과 편집을 거친 것이다(잡지 에디터로서 불가해한 문장으로 가득한 독자 레터나 '교수님 기고자'의 원고를 수정했던 실력으로 이제 댓글을 해독하는군).

아무튼 요지는 이랬다. '한국 가부장제로 얻은 트라우마에 휩싸여 간섭도 강요도 하지 않는 외국인 남편과 시모를 고마운 줄도 모르고 불평하는' 내용의 에세이 아래 재밌고 잘 썼다는 칭찬을 보낸 구독자에게 단 대댓글이었다. "저런 글을 쓰면 안 돼요. 저 사람은 좋은 작가가 아니라고요!"

그런데 '읽고 나면 행복을 느끼게 되는 흐르는 물처럼 맑은 글이 좋은 글'이란 강박이 혹시 그 댓글러만의 것이 아니라면? 등에 땀이 흘렀다. 수년 전 장노년층을 위한 글쓰기 강의를 했을 때, 매 과제물마다 이 강박을 마주했던 기억이 났다. 일상 세계로부터 멀찌감치 거리를 두고 인생을 관조하는 자세로 성급한 깨달음을 마무리 문장에 쓴 그 과제들 속에, 미처 숨기지 못해 작열하던 슬픔과 욕망, 인생을 변화시키고픈 갈망, 진득한 우울들 말이다. 인생을 바라보는 절제되고 성숙한 태도에 대해서라면, 얼핏 내가 어릴 적 읽은 피천득과 이해인 수녀와 법정 스님의 수필들이 떠오른다. 오해 말길. 세 작가 모두 깊이 사랑했다.

어제 본 올리비에 아사야스의 영화 〈논픽션〉의 대화가 떠오른다.

출판사 편집장   요즘 사람들은 글을 무서워해.

작가 친구   무서워한다고?

출판사 편집장   읽고 나면 기분이 좋아지는 것을 읽고 싶어 하지.

작가 친구   맞아……. 내 소설은 그런 종류는 아니지.

글은 누군가를 불편하게 만들 수 있다는 사실을 받아들여야 한다. 우리는 자신이 옳다고 생각하는 가치와 태도를 말하기 위해 글을 쓰는 게 아닐까. 다수의 사람들이 옳다고 여기는 가치들에 대해 때로 콧방귀를 뀌고, 악하고 도덕적이지 못한 인간으로 몰아붙여질 수 있다는 공포와 싸우며.

작가 데이비드 월러스는 말했다. "하품, 돌아가는 눈, 냉랭한 미소, 옆구리 찌르기, 재주 많은 풍자 작가의 패러디, '오, 정말 시시해' 하는 반응 따위를 감내하는 예술가들이야말로 새로운 반항아가 될 수 있다. 감상적이라는 둥 멜로 드라마라는 둥 맹목적이라는 둥 말랑하다는 둥의 비난도 감수하는 예술가들 말이다."

타인을 불편하게 만드는 게 두려워 지나친 절제력을 발휘할 때가 있다. 문체와 분위기가 불량한가, 건방진가, 촌스러운가, 지나치게 감상적인가, 나이에 맞지 않게 유치한가. 이런 두려움으로 매번 가장 편안하고 익숙하며 안전한 문만 열어 길을 걷는다. 가능성의 길이 깔린 수많은 문을 외면하지 않는다면 매번의 글쓰기는 얼마나 흥미로운 유희가 될까.

처음 나의 이야기로 책을 묶기 시작할 때 '불편해서 미뤄

온 소재' 폴더를 하나 만들었다. 막연하게 성에 대한 이야기가 가장 불편할 것이라고 생각했는데 전혀 아니었다. 그보다는 게으르고 불만 많고 비뚤어진 인간으로 보일까 봐 두려워 묵혀둔 이야기가 많았다. 그중에는 한국 사회에서 쉽게 '처단되는' 이슈들이 많았다. 고양이를 사랑할 때도 있지만 때로 시끄러워서 귀가 아프고 짜증 난다거나, 인생에서 숙면의 중요성이 8할인 인간으로서 아이를 낳지 않는 이유 중 상당 부분이 육아와 수유 중의 토막잠 공포 때문이라거나, 음식물 쓰레기인가 아닌가 헷갈릴 때 추징금이 두려워 검은 봉지에 꽁꽁 묶어 타는 쓰레기봉투 깊이 넣어 버린 적이 있다거나 하는 비밀들이었다.

책장의 가장 좋은 자리에는 멀리사 브로더의 《오늘 너무 슬픔》과 만화가 줄리아 워츠와 김혜순 시인의 책이 있다. 혹여 내가 '이상하고 미치고 웃기고 불완전한 여성'으로 보여질까 두려울 때 그들의 책을 편다. 변덕스럽고 오만하고 남을 멋대로 평가하는 모습을 쓰고 싶어서다. 그것들은 관대하고 유머러스하고 똑똑한 자아와 붙어 있기 때문이다. 한 명의 여성 안에는 영화 〈히든 피겨스〉의 주인공들 같은 면도 있고, 〈크레이지 엑스 걸프렌드〉의 레베카 번치 같은 면도 있을 수 있다.

적당히 포장해서 '흐르는 물처럼 행복한 글'만 쓰면 그 모든 혼돈과 혼란은, 그 날것은 영원히 은폐되잖아? 세상에 존재하는 줄도 모르게 되잖아? 하루아침에 모든 것을 깨달은 척, 성숙한 척 결론 내려 말하거나 쓰고 싶지가 않다. 혼돈을 겪은 뒤 정리된 결론을 단정하게 쓰는 작가를 정말 좋아하지만, 그게 나는 아니고, 나는 내가 나인 것을 부끄러워하지 않는다.

모두의 이해를 받을 필요가 없다. 누구의 이해를 받는가가 더 중요하다. 세계 어딘가에 나 같은 사람이 한 명 더 있어서 "야, 너도 멍청이냐? 나돈데" 하면서 글을 쓸 용기를 얻을수 있을지도 모르니까.

사회에서 용인되는 렌즈를 통해
절대로 쓸 수 없는 소재들을 활용하는 법

1_ 길티 플레저(죄의식을 동반하지만 했을 때 즐거워지는 일) 혹은 타인에게 공개하기 쑥스러운 취미나 습관을 떠올리자. 은밀한 생활이라면 어느 것도 좋다. 그것들을 하는 장면 하나를 쓰자. 시각과 소리, 냄새, 맛, 촉감, 감각을 모두 활용해서 영화의 한 장면이라고 생각하고 열심히 묘사하자.

— 1인칭 화법으로 몰입이 어렵다면, 인물의 이름과 국가를 바꾸고 (성별은 바꾸지 말 것) 3인칭으로 소설처럼 쓰자. 3인칭으로 써서 좀 수월해지면, 다음부터는 1인칭으로 쓰자.

2_ **1**을 보며 평소의 글과 문체가 다른 부분에 집중하자. 일반적인 주제를 다룰 때와 다른 (유치한, 단정적인, 과잉의, 묘사가 많은, 꾸며주는 말이 많은, 머뭇거리는, 감상적인 등) 문체가 발견되었다면 기뻐하자(문체를 되짚어볼 때는 일주일 정도의 시간이 흐른 뒤 보는 게 가장 좋다).

— 색다른 문체를 발견했을 때 기뻐해야 하는 이유는 다음과 같다. 첫째, 부끄럽고 민감한 주제를 다룰 때 필요한 목소리를 찾은 것이니까. 둘째, 이 연습을 통해 새로운 문체 스킬 하나를 개발한 것이므로. 당신은 두 마리 토끼를 잡았다. 절제와 검열의 벽 하나를 부수었고 벽의 잔해 사이에서 수표 몇 장을 발견

한 것이다. 앞으로 당신은 어떤 글감에서건 이 문체를 자유자재로 사용할 수
있다.

3_ _**1**_을 하는 사람(자신)을 누군가 방해하기 시작하는 장면을 구체
적으로 상상해서 쓰자. 1의 사람은 방해자에게 어떻게 저항하
는지 말과 행동을 자세히 묘사하자. 유머, 계략, 폭력성, 무관심
등 무엇이 드러나도 좋다.

덧붙이는 말

매일 아침 모닝페이지를 적는 습관은 도움이 된다. 누구에게도 보여주지 않
고 휴지통으로 직행할 글에서만 보일 수 있는 자아가 있다. 출근 전 5분만 쓰
기도 하고 무조건 3페이지를 쓰는 경우도 봤다. 모닝페이지를 쓸 때는 비문과
맞춤법 오류와 오타가 난무한다. 절대로 손을 떼지 않고 내달려야만 비어져
나오는 비밀들이 있어서다.

모닝페이지를 쓴 날은 절제의 벽을 부수는 게 훨씬 수월해지니 시도해볼 것.
1960~70년대 예술가들이 창작에 큰 도움을 받은 향정신성 약물은 물론이
고 마리화나는 고사하고, 글 쓸 체력을 만들기 위해 알코올과 니코틴과 심지
어 카페인까지 절제하는 현대의 맑고 건전한 작가들에게, 마지막 남은 영감
의 천사가 모닝페이지라는 사실은 슬프지만 진실이다.

소심한
사람들이
밤새 만드는
평행 우주

- 글을 쓸 때
  우리는
  주인공이 된다

"심리상담을 받을 때 한동안은 늘 현관 신발장 앞에서 울
곤 했어요. 나가려고 신발을 갈아 신을 때서야 눈물이 터진
거죠." 팟캐스트 〈마음을 썼다 내가 좋아졌다〉를 함께 진행하
는 몬도가 이 이야기를 했을 때 웃음이 터져버렸다. "웃어서
미안해요. 저랑 너무 똑같아서 그래요. 저는 언제나 상담 종
료 10분 전부터 울기 시작했거든요." 상담이 시작된 후 40분
쯤 흐르면 선생님은 늘 같은 말을 했다. "끝나기 전에야 진짜
마음을 솔직하게 말하게 되지요?" 그전까지 나는 유머를 끼
얹어 이야기 속 슬픔을 가리거나 본질이 아닌 사건만 줄줄 늘

어놓곤 했다. 시계가 상담시간 종료에 가까워지면 그제야 마음이 급해져 이런 말을 했다.

··· 사실은 유명해지고 싶어요.

모두가 나를 좋아했으면 좋겠어요.

내가 만든 것들을 보고 눈물 흘리고 감동했으면 좋겠어요.

그리고 좀 번거롭더라도 그 사실을 꼭 나에게 알려주면 좋겠어요.

주인공이 되고 싶어서 안달 나는 마음을 인정하기로 했어요.

세상에 그렇지 않은 사람도 있나요?

저는 늘 성공하고 싶지 않다고 말하고, 성공의 부작용이 두렵다고 하지만 그건 거짓말 같아요. 욕망을 말하고 못 이루면 창피하니까 겸허한 척한 것 아닐까요.

그 욕망을 한번 인정이라도 해보고 싶어요.

아이고! 세상 사람들아! 나는 엄청 잘되고 싶다!

착한 가면을 벗어던진 나는 판소리를 내뿜는다. 그리고 이내 정신을 가다듬는다.

"제가 좀 오버했죠? 쌤, 죄송해요."

상담사는 괜찮다고 말하며 바쁘게 펜을 움직인다. 나는 내가 '아무 말'이나 한다고 느낀다. 하지만 이게 진실일까.

"제가 주인공이 아니잖아요. 조연이잖아요. 하나도 재미없었어요."

날것의 언어로 감정을 표현하기 전까지는 내가 이전의 일터를 떠난 이유를 최대한 합리적으로 설명하려고 애썼다. 내가 충동적이거나 인내심이 부족한 사람이 아니라고 상담 선생님이 생각해주기를 바랐다. 내가 겪은 번아웃을 인정하지 못하고 업무 시스템이나 시간 관리의 부족 탓이라고 여겼기에 내가 했던 일의 피로도를 세세히 분석해 장황하게 말했다.

"취재를 마친 후 글쓰기를 시작하기 전까지 기자는 어쩌면 '비서'에 가까워요. 모든 상황의 비서예요. 하다못해 촬영지의 날씨까지 제 탓이라니까요! 문제는 제가 하려고 들면 그럭저럭 잘한다는 거예요. 유능한 에디터의 마스크를 하나 쓰면 돼요. 하지만 그 마스크는 답답했고 새벽 출장을 나설 때마다 죽으러 가는 것 같았어요. 글쓰기가 좋아서 시작했지만, 글보다 더 중요한 것은 촬영 현장을 완벽히 조율하는 거였어요. 사진작가들을 보조하는 것도, 인터뷰 대상을 편안한 상태로 이끄는 것도 다 에디터의 일인 걸요. 업무를 마치고 혼자 밤에 기사를 쓸 때야 비로소 내가 된 것 같았어요. 물론 피로가 극에 달해서 이제 그만 쉬고 싶기도 하고, 글의 반응이 두려우니 회피하고 싶지만 '잘하고 싶다, 좋아하는 일이다'라는 마음은 충만했어요. 글은 내 거잖아요."

진실은 언제나 주관적이다. 내가 잡지 에디터의 일을 설명하고자 애썼지만 에디터의 본질이 무엇인지 글쓰기의 특성이 어떠한지는 상담에서 부차적인 요소일 테다. 그 요소들을 내담자가 수용하고 판단하는 방식이 중요했다. 수많은 단어 중에 내가 왜 '주인공'이라는 단어를 선택했을까.

상담사의 펜 끝이 쉴 새 없이 움직이는 것을 보고 더욱 흥이 났다.

"몸이 아파서 그만둔 것만은 아니에요. 아무리 힘들어도 좋아하는 일이라면 어떻게든 솔루션을 찾아냈을 것 같아요. 문제는⋯⋯." 이야기의 잔가지를 모두 쳐내고 나서 가장 토해내고 싶은 한 마디가 나오는 것은 상담과 글쓰기의 공통점일까. "저는요, 조연이 되면 사는 맛이 안 나요⋯⋯."

글을 왜 쓸까. 100명에게 100개의 이유가 있다. 그리고 그 100개의 이유는 또 100개로 잘게 쪼개진다. 나의 이유는 이것이었다. 내가 세계의 주인공이 되는 기분. 글을 쓸 때 우리는 철저히 자신의 관점에서 세계를 재구성한다. 기존의 세계는 내 시선에서 조각조각 해체되어 내 손끝이 가는 방향에 따라 다시 새롭게 만들어진다. 그럴 때면 자주 이 대화를 떠올린다. 나를 글쓰기의 세계로 몰아넣은 김혜리 기자가 쓴 김병욱 감독(〈똑바로 살아라〉〈거침없이 하이킥〉을 연출한 유명 감독)에 대한 인상평이다.

··· 언제부터인가 나는 소심한 사람들의 괴력을 눈치채게 되었다. 대범한 사람들이 세계를 들썩들썩 움직이는 동안 소심한 사람들은 주섬주섬 세상을 해석한다. 살아남기 위해 예민해질 도리밖에 없는 초식동물처럼 그들은 누가 힘을 가졌는지 계절이 언제쯤 변하는지 민첩하고 정확하게 읽어낸다. 미미한 자극에 큰 충격을 받고 사소한 현상에 노심초사하는 그들의 인생은 남보다 느리게 흐른다. 타고난 관찰자이며 기록자인 그들의 소극적 복수는 '이야기'다. 그들은 더디게 살기 때문에 삶을 사는 동시에 재구성한다. 목소리 큰 당신이 휘어잡았다고 생각하는 어젯밤 술자리에서 벽지처럼 있는 듯 없는 듯 듣기만 하는 동료가 있었던가. 그가 잠들기 전 떠올린 스토리 속에서 당신은 놀림감이었는지도 모른다. 이것이 세계의 평형을 유지하는 메커니즘 중 하나라고 판명돼도 나는 놀라지 않을 것이다.

글쓰기 수업에서 만난 이들과는 언제나 '주섬주섬 세상을 재해석'했다. 우리를 난감하고 갑갑하고 때로 울분을 치솟게 만들었던 대화를 떠올린 뒤 그때 미처 하지 못한 말을 대사로 쓰는 시간이다. "내가 하고 싶었던 말을 넣어서 그 대화를 완성해보면 어떨까요. 평행 우주를 하나 만드는 거죠." 강의실은 터져나갈 듯한 타이핑 소리로 흡사 파티 분위기가 된다. 우리는 유치원 어린이처럼 이런 말을 내뱉기도 했다. "아, 선생님. 너무 짜릿해요. 몸이 간질거려요!"

여행 중에 가장 인상 깊었던 기억에 대해 쓰자고 하자 영주는 모니터만 바라보고 있었다. 그의 곁으로 다가가서 말을 건넸다. 고민되는 지점에 대해 질문을 던지면 반드시 정답을 얻게 되는 것은 아니지만, 질문이 나아갈 길을 보게 될 것이라고 권유했다.

"완벽한 문장으로 질문을 만들지 않아도 좋아요. 단어로만 말해도 좋아요. 함께 질문을 만들어 보자고요. 제가 잘 알아들어볼게요."

영주는 용기 내어 말을 시작했다.

"뭐랄까요, 그때 생각을 하면 이런 기분이 되어요. '으으으.'"

글을 쓰던 다른 수강생들이 모두 고개를 들고 영주를 도와주려고 했다.

"저도 그 기분 알아요. 단어로 말하고 싶지도 않은 그런 더러운 기분이 있죠!"

"함께 욕해줄게요!"

응원에 힘입어 영주는 질문을 문장으로 만들어냈다.

"가장 가고 싶었던 여행이 있었는데 그 여행에서 돌아온 뒤 누구에게도 그때의 기억을 말한 적이 없어요. 떠올릴 때마다 불쾌해지고 그 여행을 위해 모았던 돈이 아깝기도 하고요. 그런 것도 여행글이 되나요?"

이윽고 남은 5분의 시간 동안 영주는 키보드가 부서져라 글을 썼다. 글의 내용은 이러했다.

'그의 그림을 벽에 걸어 매일 아침 저녁으로 바라볼 정도로 사랑하는 화가의 고향인 유럽 도시를 찾았을 때의 일이었다. 설레는 마음으로 길을 나선 첫날이었다. 누군가 나에게 '니하오'라고 말하면서 혀를 자기 입술에 문질렀다. 지금도 그 장면이 떠올라 괴롭다. 여행의 설렘이 완전히 부서진 순간이었다. 하지만 그 일을 완전히 잊어버려야 남은 여행 기간을 잘 보낼 수 있을 것 같아 없던 일로 했다. 그때도 이후에도 그 일에 대해 누구에게도 말을 안 했다. 차라리 말을 할걸. 이후

나는 고개를 들고 걷기가 싫어졌고 그 도시가 싫어졌다. 여행은 최악이 됐다. 집에 돌아와 그 그림을 벽에서 뗐다. 왜 그 작은 일이 화가에 대한 내 사랑마저 망쳤을까.'

글쓰기 수업에서는 본인이 쓴 글을 옆자리 사람이 낭독해주곤 했다. 영주는 이 글만은 스스로 읽고 싶어 했다. 낭독이 끝난 뒤 다른 수강생들이 유사한 경험을 나누어주었다.

종종 거센 파도가 치는 마음을 간신히 잠재우고 잠자리에 든다. 다음 날 새벽이면 분노는 다시 끓어오른다. 그럴 때 우리의 소극적 복수는 '이야기'였다. 그 세계에서 '벽지처럼 있는 듯 없는 듯했던' 나는 주인공이 되고, 나에게 모욕감을 준 목소리 큰 상대는 시트콤 속 우스꽝스러운 조연1이 된다. 복수를 하면서 키득거려도 누구도 놀리지 않는다. 온전한 상상력의 세계 속에서 대화를 재구성하다 보면 깨닫곤 했다. 권력이 내가 아니라 상대에게 있었기 때문에 하지 않은 말이 우리 안에 얼마나 많이 고여 있는지를. 내가 재구성한 이야기 속에서 나는 말을 할 줄 아는 사람이고, 그 말로 인해 얼마나 자유로워지는지를. 이것이 글쓰기의 쾌락이고 이 쾌락 속에서 유영하다 보면 때로는 적극적 복수를 도모할 수도 있었다. 앞으로 걷고 달리기 위한 삶의 지도를 얻기도 했다.

《조금씩 천천히 페미니스트 되기》의 저자인 친구 홍아미는 이 행위에 대해 이렇게 썼다. (여성의 글쓰기 웹진 '2W' 기고) 나를 걷고 달리게 하는 문장이기에 이 글에 길게 보탠다.

… 어느 순간 나는 깨달았다. 사람마다 낼 수 있는 볼륨이 정해져 있는 게 아닐까. 아버지가 10 정도 된다고 치면, 할머니는 9, 남자인 내 동생은 5, 엄마는 1, 나는 0.5 정도? 볼륨 자체가 다른데 대화가 가능할 리가 없다. 그렇게 작은 볼륨으로는 뭘 할 수 있는 게 없었다. 용기를 내어 입을 열지만, 무시당하기 일쑤였다. 가끔씩 맘 좋은 사람들이 귀를 기울여줄 때도 있었지만, 그 선의에 기대어 살기에 세상은 만만치 않다는 걸 나는 잘 알고 있었다. 그런데 보잘것없는 나의 사적인 생각들을 그저 글로 풀어놓았을 뿐인데, 사람들이 관심을 갖고 들어주었다. 그 경험은 나에게 대단한 충격이었다. 아무에게도 관심 받지 못하던, 소극적이고 예쁠 것 없는 평범한 여자애가 처음으로 주인공이 된 순간. (중략) 한때는 커다란 포부를 갖고 대학에서 문예창작을 전공하기도 했지만, 내가 하고 싶은 글쓰기는 거기에 없었다. 그걸로 아주 오래 자괴감을 느끼며 살았지만 어느 순간 알게 되었다. 나는 글쓰기로 대단한 예술을 하고 싶은 사람이 아니라는 걸.
내게 글을 쓰는 건 목소리를 가지는 것이다. 나는 더 이상 숨죽이고 살고 싶지 않다. 듣기 싫은 소음에 귀를 막거나 지레 움츠러들고 싶지도 않다. 세상은 원래 불공평해서 모두가 같은 볼륨으로 소리를 낼 수 없다는 사실을 알고 있지만 나는 페미니스트이기에 조금이라도 균형을 찾아보기로 마음먹었다. 어렸을 때는 듣는 사람이 있어야 목소리를 낼 수 있다고 생각했지만, 이제는 좀 달라졌다. 일단 목소리를 내야 사람들이 듣는다. 내가 여기 있다는 걸. 이렇게 저렇게 살아간다는 걸. 세상이 뉴스에 나오는 일들만으로 돌아가는 게 아니라는 걸.

크고 우렁찬 목소리는 메아리가 되어 돌아올 때도 있고, 다른 목소리와 어우러져 화음을 만들고 아름다운 노래가 될 수도 있다. 바람이 있다면, 나처럼 아주 작은 볼륨을 가지고 태어난 여성 친구들이 좀 더 목소리를 낼 수 있었으면 좋겠다. 굳이 용기를 낼 필요도 없다. 당신이 목소리를 내기만 하면 우리가 들어줄 테니까.

그저
바라보고
드로잉하듯
쓰기

– 오래
바라보아야
예쁘다,
글도
그렇다

이번에는 대상을 글로 풀어내는 연습을 해보자. 당신이
10초 이상 가만히 바라볼 수 있는 사람은 누구인가. 아무런
말 없이. 나는 사랑하는 사람 두셋을 손으로 꼽다가 그만두었
다. 이런 이상한 일이 서글퍼서 이런 이상한 직업을 가졌을
까. 연인이나 아이에게 당신이 그렇게 한다면, 그들은 당신의
사랑을 몹시 이해하고 있으므로 오늘따라 당신의 사랑이 별
꽃처럼 튀어 오르는 날이 아닐지 그저 짐작할 것이다. "내가
예뻐서 죽겠냐"며 장난스레 웃어준다면, 우리는 서로를 더
오래 바라볼 수 있을지도 모른다.

그것은 내가 언제나 꿈꾸는 우주다. 바라마지 않는 작은 방이다. 글과 말로 나를 표현하고 소통하려는 노력은 필연적으로 피로하다. 언어로 완벽하게 소통하려는 애달픔 없이, 그 애달픔이 오해되는 비극 없이 그저 바라보는 행위만으로 우리의 마음이 완전하게 전달되는 우주. 절대로 이루어지지 않을 그런 이상을 꿈꾸며 오늘도 글쓰기에 대해 쓰고 있다.

내가 누군가를 말없이 오래 바라봐도 용인되던 시절은 유년기에 두고 왔다. 그럼에도 글을 쓰는 일이 순수의 세계로 돌아가는 일이라면, 그렇게 하자. 등굣길에 담벼락의 들꽃을 오래 바라보다 지각하던 일이 즐거웠다면 다시 그렇게 해보기로 한다. 다행히도 이 일은 작가의 업무나 다름없다. 아무런 제약을 받지 않은 채 바라보는 일은 글 쓰는 사람에게 가장 요구되는 덕목이다(컴퓨터 앞에 앉기 전에 대상과 현상을 한참 바라보는 게 글쓰기 작업 프로세스 중 하나니까).

이렇게 바라볼 때, 마땅히 그렇게 생각하고 말해야 한다고 여겨지는 고정관념은 벗어두어야 한다. 할 수 있다면 나의 직업과 성별, 사회와 가정에서의 역할도 잠시 내려놓자. 그건 너무 많이 했고 지쳤다. 오직 '나로서' 관찰하고 묘사해야 좋은 글을 쓸 수 있다. 에세이나 르포 기사 같은 논픽션 글쓰기

뿐 아니라 시와 소설, 희곡을 쓴다 해도 책상에 앉기 전에 세상과 사람을 오래 바라보는 일은 필수적이다. 눈을 감고는 무엇도 쓸 수가 없다.

글쓰기 수업 첫날에는 '드로잉하듯 말하기'를 한다. 앞자리에 앉은 낯선 사람을 10초 이상 가만히 바라본 뒤, 그를 세세하게 묘사하는 것이다. 온몸과 색깔과 모양과 각도, 웃거나 찡그릴 때의 표정, 눈빛의 흔들림, 심지어 몸에서 어떤 향기가 나는지까지 세세히 말하도록 유도한다. 상대의 맨투맨 티셔츠에 수놓은 사슴 로고의 눈망울이 밤색인지 오렌지색인지까지 발견하고 나면, 어쩐지 편안하고 자유로워지는 기분이 드는 건 왜일까?

강의할 때 쉴새 없이 양손을 움직이는 나를 묘사하며 "파란색의 스웨터 소매가 나팔꽃 모양으로 팔락거린다. 그의 손동작은 팬터마임을 하는 희비극 배우 같다. 머릿속에 떠오르는 것을 타인에게 전하려는 표현의 욕구가 손끝에서 뿜어져 나온다"고 누군가 책 속의 문장처럼 멋지게 묘사해주었을 때는 고맙고도 쑥스러웠다(묘사 대상이 되는 수강생들의 부끄러운 기분을 좀 알 것 같았다). 처음엔 일종의 아이스 브레이킹으로 시작했는데 "민망해서 못하겠어요!"를 외치면서도 몹시 즐거

위하는 수강생들 덕에 고정 프로그램이 되었다. 웃기고 어색하지만, 집중력이 한껏 높아져서 기분이 좋아진다.

한번은 상대를 보고 "붉은 장미꽃 같은 미인이십니다"라고 말한 분이 있었다. 은유를 가져오기 전에, 내 눈에 보이는 것을 소박하게 먼저 말해보자고 권했다. 성급한 은유는 나의 감각들이 진짜로 느끼기 전에 가로막아버린다. 물론 글을 읽는 사람도 받아들이기 힘들다. 나는 '미인'이란 표현도 쓰지 말자고 제안했다. 멋지다, 아름답다 같은 표현도 이 트레이닝에서는 금지된다.

쓰고 있던 마음의 안경을 벗는 것이 이 트레이닝의 학습 목표 중 하나다. 판단과 평가 이전에 보고 듣고 만지고 냄새를 맡는 게 우선이다. 멋진 표현을 떠올리기 전에 잘 보는 것이 먼저다. 어떤 분은 60대 남성 수강생이었는데 내 지도에 순조롭게 잘 따라와주었다. 눈을 자주 깜빡이는지 아닌지, 웃을 때 소리를 내는지 눈만 웃는지, 머리칼은 몸의 어디에 닿아 있는지 살펴보자고 했다. 부끄러워하면서도 찬찬히 '드로잉'하기 시작했다.

"눈동자가 한국인 평균보다는 갈색이 많이 도는 것 같아요. 웃을 때 하하하? 헤헤헤? 같은 소리가 납니다. 또 눈 밑에 작은 우물이 패입니다. 와, 신기하네요. 보통은 뺨에 보조개가 패이잖아요."

그분은 놀라운 발견을 한 것처럼 흥미로워했다.

나는 이 묘사가 참 좋았다. 어린아이처럼 정직하고 구체적인 말하기였다.

이 '드로잉'을 할 때는 정확도에 대해 책임지지 않아도 된다. 잘한 묘사인지 아닌지를 염려할 필요도 없다. 본 대로 말하면서 우리는 여러 가지를 발견한다. 세상과 사물과 사람을 실제로 만지듯이. 안경테의 각도, 머리카락 끝의 물결 방향, 듣기에 집중할 때 들리는 턱의 모양 등등의 윤곽을 따라 말로 그림을 그린다.

사람들이 간직한 아름다움이 실타래처럼 부드럽게 풀려나온다. 비슷비슷해 보였던 사람들이 각자의 다름을 품고 있다는 것을 알게 된다. 평소에 우리가 얼마나 대충 보며 살고 있는지 깨닫고 놀라기도 한다. "낡은 집인 줄만 알았는데, 창문의 문양이 정말 고풍스러워요!", "웃을 때마다 고개를 잘게 흔드는 모습이 사랑스러워요.", "흰 부분이 하나도 없이 짧게 자른 손톱이 인상적이에요."

많은 학생이 이 프로그램을 가장 기억에 남은 커리큘럼

중에 하나로 꼽았다. 단순히 바라본 것을 기록하는(말하는) 과정에서 글로 쓰고 싶은 대상을 오래, 깊이 있게 바라보는 연습이 되었다면서. 이런 과정을 반복하면 섣불리 평가하고 단정짓고 과장하는 습관을 고치는 데에도 도움이 된다. 하와이의 바다 물결과 발리의 바다 물결은 어떻게 다른지 묘사할 수 있게 된다. 설악산의 아침 빛과 지리산의 아침 빛의 차이는 무엇인지 쓰게 된다. 글쓰기에 필요한 것은 시간과 집중력이라는 것도 깨닫게 된다. 무엇이든 오래 바라보면 그것은 글이 된다.

한번은 대학의 글쓰기 특강에서 이 프로그램을 했다. 존댓말을 깍듯이 쓰는 선배가 어려웠던지 "미인이십니다" 하고는 "못하겠어요!"라고 소리치던 학생들은 결국 피부색이 너무 하얘서 온도가 낮아보인다든가, 웃을 때 '크' 하는 소리가 난다는 표현을 하고는 기쁜 듯 또 '하이텐션'이 되었다. 마치 금지된 것을 말했다는 듯.

수업을 마칠 때 한 학생이 불편한 표정으로 이렇게 물어서 주목을 집중시키기도 했다.

"사람의 코가 낮다고 묘사하면 안 되는 거 아닐까요? 그건 욕이고 사람의 단점을 캐내는 것이잖아요."

나는 답했다.

"불편한 마음이 들면 그렇게 말하지 마세요. '낮다'라는 말 대신 코의 끝이 둥근지 뾰족한지 같은 모양을 말하면 어떨까까요? 게다가 저는 코가 낮고 얼굴이 크고 키가 작고 발이 크고 머리칼이 건조한데요. 그 점들이 제 단점이라고 생각하지 않습니다."

왜 상처를
쓴 후
더 우울해질까

– 우울의 바다에
빠지지만
곧
수영을 배우게
될 것이다

　미루기의 천재인 나는, 심리상담 중에도 종종 미루기를
시연한다.
　"이 주제는 이번 책 마감(여행 다녀와서, 가족행사 마친 후에,
그러니까 나중에, 나중에) 후에 다시 이야기할게요."
　깊이 묻어둔 트라우마를 꺼내기 전에는 미적거린다. 미
리 '우울할' 일정을 잡으려 하는 것이다. 행여 상담 중에 그
주제가 불쑥 튀어나오면 화들짝 놀라 다시 감춘다. 이런 경
우, 내 상담사는 굳이 그 이슈를 끄집어내려들지 않는다. 그
녀는 내담자를 위해 농담과 편안한 대화에 능한 사람이라,

'뭐 그러세요, 그러면'이라고 답하는데, 단정하게 통역해보자면 다음과 같을 것이다.

"충분히 준비되고 편안할 때 말해도 돼요."

상담 초기에 아주 오래된 상처를 털어놓고는 다음 이틀 정도를 '묶음 모드'로 지낸 적이 있다. 말을 꺼냈다가는 울음이 터질 것 같아 밸브를 단단히 잠그고는 일터에서나 집 안에서나 상당히 예민하게 굴었다.

가족의 무표정이 불만스럽게 보여서 불편했다. 친구의 수다가 거대한 소음으로 느껴져서 고통스러웠다. 추위와 더위에 모두 민감하게 영향을 받고 있는, 나의 무심코 드러난 살갗을 오래 바라보았다. 쓰라렸다.

직장인 시절, 글쓰기를 위한 책상 위에는 늘 화이트와인이 한 병 놓여 있었다. 잡지 원고 마감이 다가오면 차가운 와인 한 잔을 마시고 워드 파일을 열었다. 약간 몽롱한 상태가 되면 글은 잘 풀려나왔다(고 믿었다). 직장인 모드에서 작가 모드로 전환해야 하는 나에게 알코올은 분명 도움이 되었다. 그런데 어떤 이슈를 건드리기 위해서는 술 두 잔이 필요했다. 쓰기 전에 한 잔, 다 쓰고는 남아 있는 기분을 씻어내기 위해 또 한 잔.

작업에 반복적 의식이 생기는 것을 별로 즐기지 않는 편이다. 글 쓰기 전의 리추얼은 이어폰을 끼고 음악을 듣는 정도로 족하다. 전업 작가라면 전철역이든 하와이 해변이든, 늘 비슷한 무드로 써야 할 필요가 있다. 술 없이 써야겠다 작정하고 병도 잔도 모두 치웠다. 책의 절반 이상을 써나가는 동안 절대로 대면하지 않은 글쓰기 주제는 여전히 쌓여 있었다. 왜일까.

마음에 관한 에세이를 쓸 때, 어떤 주제는 심리 상담과 유사하다. 분노나 불편감처럼 마음의 표면을 건드리는 이슈를 꺼내어 나 자신과 대화하는 식으로 묘사해나가다 깊이 묻어둔 콤플렉스나 과거의 트라우마가 갑작스레 끌어올려지는 일이 잦다. "저 수다쟁이가 이유 없이 미운 건, 내 귀가 약해서라기보다는 내 수다를 비난당했던 과거의 기억 때문이야!"라는 식으로.

어떤 글은 쓰는 행위만으로 통쾌함과 후련함을 끌어내기도 했다. 그런 날은 아주 말끔한 기분으로 작업을 마무리한다. 물론 어떤 심리상담 회차도 그러했다. 상담사와 마주 보며 웃다가 상담실을 나오는 경우도 있다. 대개 최근의 이슈를 다룬 경우가 그랬다.

이혼, 자살 시도, 폭행과 강간, 가족의 학대, 그리고 무엇이라고 정의하기 어려운 고통. 인생의 끔찍한 경험들을 굳이 글로 써야 할까? 우울해질지도 모르는데? 그것은 선택이다. 원하면 쓰고 아니면 만다. 만약 쓰기로 결정했다면, 글쓰기와 기분에 대해 알 필요가 있다.

심리적 외상에 대해 글을 쓰거나 말을 하는 동안은 즉각적으로 스트레스가 줄어드는 반응을 보인다는 논문이 있다(거짓말 탐지기와 비슷한 기계로 스트레스를 측정한다). 감정적 주제를 다루고 난 후 혈압과 심장박동이 긍정적 변화를 보인다는 놀라운 사실! 그런데 심리학적으로는 좀 복합적이다. 즉각적 효과와 장기적 효과가 다르다는 것. 내면의 깊은 상처에 대해 쓰고 난 '직후'에는 종종 기분이 더 나빠진다.

내가 느낀 기분은 다양했다. 대개는 웃음이 사라졌다. 에너지가 떨어져 대화 의지가 소멸되곤 했다. 글쓰기 모임에서 트라우마에 대해 쓴 다음에는 종종 헛소리를 했다(말하기가 싫은데 리뷰는 해야 하는 아이러니). 가끔은 가까운 사람이 미워지곤 했다. 익숙했던 상황이 어색해지고, 암흑 속을 걷는 막막한 기분이 들기도 했다.

결론적으로 트라우마에 대해 글로 쓰거나 심리상담을 했을 때 두 경우 모두 초반에는 24시간 정도의 회복 기간이 소요됐다. 집에 들어가지 않고 공원을 뱅글뱅글 돌면서 '대체 무엇을 해야 하지……' 하고 몽롱해진 경우도 있었다. 당시엔 그런 기분이 매 상담(매번의 글쓰기)에 반복될 거라고 생각했다. 두려웠지만 계속 이어나갔다. '와인을 종류별로 너댓 병 사두지 뭐' 하는 심산으로.

다행스럽게도 여러 차례 비슷한 경험을 반복하자 회복 기간은 반나절에서 세 시간으로, 30분으로 급격히 줄어들었다 (사둔 와인은 기분 좋은 날에 땄다). 내 경우 이렇다는 말이다. 사람마다 시간차는 있을 것이다.

감정 표현 글쓰기는 잠시 동안 당신을 슬픔에 빠지게 할지 모른다. 그럴 때, 그만두지 않기를 부탁한다. 제임스 W. 페니베이커와 존 F.에반스의 책 《표현적 글쓰기》에 나온 표현을 빌리자면 슬픈 영화를 보고 나면 더 슬퍼지긴 하지만 더 현명해지기도 하는 것처럼. 그러므로 글쓰기의 전후 변화를 기록해보는 일이 필요하다. '애프터 슬픔'이 얼마나 어떻게 지속되고 어떻게 짧아지는지 상세하게 메모하는 것이다.

만약 2~3주 이내에 무척 고통스러운 일이 있었다면 어떻게 할까. 아직은 그 사건만 생각해도 돌아버릴 것 같을 때. 만약 쓰더라도 아직은 고통을 다룰 에너지가 없어서 벅차다고 느낄 수도 있다. 고통이 불러일으키는 더 깊은 감정을 느끼지 못해 쓰다 말지도 모른다. 아직 이야기할 준비가 되지 않은 사건도 있다. 그럴 땐 쓰지 말자. 거대한 고통은 잠시 치워두고, 다른 주제를 쓰자. 카페에서 책을 읽거나 공원을 산책한 것처럼 일상적이고 사소한 일부터 쓰는 것이다. 시간이 적당히 흐르면 자연스레 고통에 대해 쓰기 시작할 것이다. 걱정하지 말자.

장기적으로는 기분은 긍정적으로 변화할 것이다. 우울과 불안에 대해 글을 쓰면 몇 주에서 몇 달에 걸쳐 그 감정들이 감소한다는 연구결과가 많다. 또한 인지기능과 작동기억(복잡한 문제를 생각하기 위한 일반적 능력)들도 나아진다. 예컨대 자신이 앞둔 중요한 시험에 대한 걱정을 글로 쓴 학생들은 시험 전 컨디션과 시험 점수에 좋은 영향을 받는다.

연구자들은 사람들이 자기 인생의 중요한 사건에 대해 쓰고 또 쓰면서 (말하고 또 말하면서) 점점 더 적은 감정 반응을 보인다고 말한다.

상처에 숨은 감정을 바라보고 그것의 정체를 밝히고 이름을 붙이면서, 인생은 점점 더 넓어진다. 상처를 지닌 인간은 외딴방의 바깥으로 걸어 나와 상처를 햇볕에 널어 말린다. 누군가는 상처에 선과 색을 입혀 전시장에 걸고, 누군가는 노랫말과 멜로디를 입혀 음악으로 만든다. 누군가는 글로 쓰고 종이에 새겨 책을 만든다. 그뿐이다.

상처에 대해 쓰는 것. 그것은 잠시 동안 당신을 우울의 바다에 밀어 넣을지도 모른다.

하지만 곧 수영을 배우게 될 것이다.

나의 역사를
씀으로써
나를
바로 세우기

– 어린 시절의
   나를
   어른이 된
   내가 구하러
   간다

열세 살의 나는 마루 벽에 등을 붙이고 부엌을 노려보고 있다. "엄마! 엄마! 엄마!" 세 번을 불렀지만 엄마는 듣지 못한다. "엄마, 그만해! 그만하라고!" 나는 혀가 말려 들어가는 기분을 느낀다. 빼앗긴 목소리 대신 흐르는 소리들. 텔레비전에서 쏟아져 흐르는 노랫소리, 박이 터지는 소리, 두 개의 프라이팬을 메운 기름 튀는 소리, 할머니의 가래 끓는 소리, 아버지가 할머니 방의 문을 닫고 들어갔다가 잠시 뒤에 나와 유리가 깔린 식탁을 쳐서 스테인레스 쟁반을 떨어뜨리는 소리. 물방울 같은 전들이 바닥에 뒹군다. 끓는 기름과 아버지의 등을 번갈아 바라본다.

'어린 시절의 부엌을 떠올리기'라는 글감 찾기 수업이 있었다. 손사래를 쳤다. "나 금붕어야. 기억력이 없어. 스무 살 이전은 도무지 기억이 안 나." 눈을 감자 이내 모든 것을 기억해냈다. "엄살이야, 괜히. 왜 거짓말해."

친구들이 웃어댔다. 아이보리색 벽지가 점점 노랗게 물들던 것, 탐구생활 과제로 키우던 거북이가 실종되었다가 한 달 뒤에 발견되었던 창틀(놀랍게도 살아 있었다), 뺨을 대고 엎드려 있던 책상 위 차가운 유리 감촉, 햇볕이 부서지는 날이면 반짝이며 떠오르던 먼지. "먼지가 다 돈이면 좋겠네." 엄마가 멍하니 읊조리던 소리.

기억들은 어딘가에 고요히 앉아 있었다. 온전히 존재하면서, 발견되기를 끈질기게 기다리고 있었다.

눈을 감는 것. 그리고 장소를 떠올리는 것. 한동안 그것이 '분신사바'처럼 짜릿해서 만나는 사람마다 시켜보았다. 누군가는 눈을 감자마자 30년 전의 마늘 냄새를 기억해내기도 했다. "엄마가 만들어준 떡볶이에선 언제나 알싸한 마늘 냄새가 났어. 하교하면서 현관문을 열고 그 냄새를 맡으면 행복해졌어." 그의 장소에 묻은 기억은 행복이었다. 질투가 났다.

152

눈을 감을 때마다 같은 이미지가 떠올랐다. 엄마의 등. "미쳤나, 내 나이가 몇인데 아직도 엄마 타령이야." 스스로를 꾸짖어도 상황은 심화됐다. 하루 세 번, 새로운 메뉴로 밥을 짓기 위해 엄마는 늘 싱크대 앞에 서 있었다.

왜 나는 늘 마루 벽에 등을 대고 앉아 부엌을 바라보고 있었을까. 학교에서 있었던 사소한 일들을 두서없이 떠들고 싶었다. 엄마가 웃을 수 있는 이야기만 고르는 일에는 신물이 났다.

상장을 받거나 좋은 점수를 얻은 것은 이야기했지만 길 잃은 강아지를 보고 심장 부근이 욱신거린 일, 떠드는 아이 입에 청테이프를 붙이는 교사에 대한 분노는 이야기하지 않았다. '나는 엄마의 걱정이 되어선 안 돼' 같은 생각을 하면서, 동시에 누가 나의 슬픔과 분노에 대해 물어봐주기를 간절히 기다리며 늘 마루에 앉아 있었다. 마루는 내가 엄마를 보호하기 위해 있는 장소이기도 했다. 싸움이 나면 언제든 달려갈 수 있게.

이미지는 상징이었다. 엄마. 그리고 사랑하는 사람을 지켜야 한다는 중압감. 그 무게에 짓눌려 스스로의 감정을 외면하는 것. 그리고 언어에 대해 골몰하기 시작했다. 언어가 없어서 할 말로 가득 찬 머리가 터져버릴 것 같았던 시간들이 자꾸만 수면 위로 떠올랐다.

　나의 역사를 쓰는 것은 심리치료와 비슷했다. 매번 글을 쓸 때마다 장소는 바뀌었는데 인물은 같았다. 한번은 길에서 지폐를 주운 기억을(인생을 바꿀 순간이 당신에게 있었다면 어떻게 되었을까라는 주제로 수업을 한 날이다) 썼다. 1억짜리 지폐를 주운 중학생의 나는 유럽으로 날아가 공부를 시작한다. 단 5분 동안 쓴 글이었는데도, 기어코 엄마에게 유럽행 비행기 티켓을 보내 집에서 탈출시키는 결말을 냈다. 지긋지긋했다. 친구들은 1억밖에 안 되는데 그냥 혼자 잘 먹고 잘살지 그러냐며 웃었다. 이때 심리상담을 시작했다. 상담사가 치료해줄 것이라고 기대했지만, 내가 스스로 자기 이야기를 써야 했다. 가장 두려워하는 장소로 매번 돌아가야만 했다. 덮어도 덮어도 솟아오르는 상처는 조개들이 바위에 달라붙은 듯 특정한 장소에 붙어 있어서, 나는 시간여행자처럼 이곳과 저곳을 날아다녔다. 창에 비친, 싸우는 가족들의 그림자를 바라보며 한참을 서 있던 골목 앞, 어떤 일이 생겨도 내가 지켜주겠다며 남동생을 끌어안고 웅크렸던 작은 방. 문제집을 집어 던지며 오열하던 내 방 안. "지금은 여기 있잖아요"라는 소리가 들리면 상담실 안을 둘러봤다. 2020년, 어른이 된 나는 지금 이곳에 있구나. 내 힘으로 돈을 벌어 심리상담을 받는 어른. 상담일마다 작고 달콤한 케이크를 구워놓고 차를 우리며 나를 기다리는 남편이 있는 내 집. 나는 이제는 약한 아이가 아니다, 내 힘으로 새 가족을 만들었다, 현실로 돌아오는 주문처럼 되뇌었다.

과거의 장소에 돌아갔다 나올 때마다, 산을 넘는 것 같았다. 넘는 만큼 나는 강해졌다.

한때《헝거》를 성경처럼 늘 지니고 다녔다. 지구의 어딘가에, 나처럼 상처가 연관된 장소를 날아다니는 여행자가 있다는 사실은 구원 같았다. 어떤 페이지를 펴도 그녀는 용감했다. 때로 안쓰러워 만류하고 싶을 만큼. 모두가 자신을 '걸레'라고 부르는 중학교로. 온몸에 관한 통제력을 잃어버리고 절대 채워지지 않는 허기의 구멍에 피자와 프라페와 프렌치프라이를 밀어 넣었던 기숙학교로. 위 절제 수술 영상을 관람한후 아직까지 사망환자는 한 명뿐이었다는 이야기를 들어야했던 클리블랜드의 병원으로. 자신의 체중을 감당하던 의자가 수많은 청중 앞에서 부서져버렸던 강연장으로. 좋아했던 남학생이 패거리들과 함께 자신을 윤간했던 열두 살의 어느 숲속으로. 내가 헐벗고 연약하고 때로는 추한 존재였던 장소들. 내 몸이 있을 곳이 없었던 수십 개의 장소들. 내가 아무것도 아닌 존재였던 곳들로 돌아가 냄새와 촉감과 온도까지, 모든 것을 기억해내고자 했다.

사투였다. 과거의 기억이 붙어 있는 장소로 되돌아가는 것. 애써 도망쳐 나온 장소로 다시 돌아가는 일. 그 일을 유예한다면 한 줄도 쓸 수 없는 일이, 나의 이야기를 쓰는 것이었다. 그것은 어떤 장소도 나를 지배하도록 두지 않겠다는 결심이었다. 세상의 무엇으로부터도 숨지 않겠다는 다짐이었다. 장소를 바라보는 일은 마음 안의 모든 용기를 그러모아 과거와 맞서는 일이었다. 자기 직면이었다.

시인 존 헤인스가 말했다. "예술에서 위험을 감수하는 장소를 표현하기 위해 무모함과 위험, 항복, 버림받을 수도 있다는 각오가 필요하다." 작가 배리 로페즈는 이렇게 말했다. "아무 데서도 일어나지 않는 이야기를 쓸 수는 없다. 어떤 장소에서 상처를 받아야 한다."

상처를 받은 장소로 되돌아가 다시 한번 상처를 받기 위해 글을 쓰고 상담을 이어나갔다. 매번 고통스러웠다. 무언가

끔찍한 것이 숨어있을까 봐 몸이 굳었다. 나라는 괴물이 숨어 있을까 봐 벌벌 떨었다.

시간이 흐를수록, 내가 왜 과거의 장소를 방문하려 하는지 알게 되었다. 어릴 때부터 나는 '너 지금 어디 있어?'라는 핀잔을 듣곤 했다. 힘들 때마다 멍해지거나 딴청을 부렸다. 그때 제대로 겪지 않은 것들을 다시 나의 관점에서 서사로 만들어야만 했다. 고통스러울 때 사람은 기억을 은폐한다. 다 잊었다고 말하지만, 누구도 고통을 다 잊을 수 없고 그 단절은 현재에 영향을 준다. 해결되지 않은 과거의 이슈는 어떻게든 현실로 넘실거린다.

문을 열고, 또 다른 문을 열었다. 과거의 나를 방문했다. "잘 있었니? 내가 구해주러 왔어. 누가 널 고통스럽게 하면 내가 함께 맞서 싸워줄게." 어른이 된 내가 아이였던 나를 구원하러 갔다.

상처는 더 이상 열어보면 눈이 타버릴 것 같은 두려운 존재가 아니었다. 그 두려움의 심연을 마주 보았다는 것만으로, 온 세계를 여행하고 온 것처럼 삶의 에너지를 느낀다. 자신이 점점 강해진다는 감각, 그리고 그 감각을 얻게 만든 용기를 내가 선택했다는 사실은 무엇과도 바꿀 수 없는 긍지다.

우리의 마음 안에는
어떤 장소가 있다

이번 연습은 우리 마음속 특정 장소에 대한 내밀한 감정을 끌어올려 주제와 소재가 있어야만 글을 쓸 수 있다는 통념을 깨준다. '글감을 어디서 찾죠? 쓸 게 없는데요?', '예전 일이 기억이 안 나요!'라고 말하는 사람들에게 특히 효과적이다.

장소는 기억이나 아이디어를 자극한다. 우리는 그 길로 쭉 따라갔다가 다시 장소 밖으로 걸어 나온다. 각각의 장소에 대해 쓰다 보면 내가 계속 반복해서 이야기하는 주제를 찾게 된다. 사무실과 여행지, 헬스클럽, 학원, 대중교통, 공연장 등에 대해 쓰면서도 누군가는 불안을, 누군가는 매너를, 누군가는 권력 관계를 이야기한다. 그것이 자신의 주제가 된다.

모든 쓰기 활동에 적용되는 이야기지만 글감 캐기를 할 때는 비문, 맞춤법, 띄어쓰기에 신경 쓰지 않는다. 글감 찾기를 할 때 자기 검열을 멈추면 '나만의 고유한 시각'이 생긴다. 마음에 걸리는 소재는 글감 캐기가 끝나고 난 뒤 얼마든지 버릴 수 있다. 당신에게는 퇴고할 시간이 충분히 주어진다. 초고를 써나갈 때는 멈추지 말고, 생각의 흐름을 단순히 따라가 보자.

1_ 어떤 '감정'이 묻어 있는 장소를 선택하자. 눈을 감고 그 장소를 떠올리자.

2_ 자신의 발이 그 장소 중 어디에 닿아 있는가? 서 있는가, 앉아
있는가, 누워 있는가, 달리는가, 걷는가? 몸의 모양과 느낌, 주변
의 소리 등을 묘사하자. 나아가 장소의 디테일, 냄새, 촉감, 소리
등을 쓰자.

3_ 그 장소에서 내가 행복한지(혹은 슬픈지, 신나는지, 따분한지, 뒤숭
숭한지, 흥분되는지, 절망하는지, 황홀한지 등등), 그 감정의 이유는
무엇인지를 탐구하자.

4_ **3**이 어렵다면 그 장소에 있는 사람들이 불편한지, 보고 싶은지,
응원하고 싶은지 등을 스스로에게 물어 장소에 대한 감정을 정
리해보자.

어디로도
향하지 못하는
공격성을
정확한 명사로
바꾸는 일

− 지긋지긋?
후벼 파고?
언어 다운그레이드에
대하여

"발바닥 밑의 상처까지 후벼 파올리는 게 얼마나 어렵니?"

내가 받고 있는 심리상담에 대해 이야기하던 참이었다. 카페에서 엄마가 나를 바라보며 염려했고 기분이 언짢아졌다. 불편한 감정이 들면 언어로 기분을 정리해본다. 아이스 아메리카노를 한 모금 들이킨 뒤 차가워진 머리로 찬찬히 짚어보았다.

나는 이제 한국의 부모 세대가 자녀에 대해 '가엾음', '안쓰러움', '불쌍함' 등으로 대응하는 일에 면역이 생긴 것 같다. 자식에 대한 부모의 흔한 감정 대응방식을 이미 잘 알고 있다. 그들에게 자식은 평생의 상처요 언제나 아픈 손가락이다. 그러므로 그 부분은 크게 불편하지 않았다. 다만 '후비다', '파올리다', '발바닥' 같은 단어의 사용이 거슬렸다. '마음속 아주 깊은 곳의 상처를 꺼내 말한다'를 엄마는 그렇게 표현한 것일진대, 내게는 그 모든 단어가 설었다.

나는 이런 식의 '언어 다운그레이드'를 몹시 불편해한다. 지난 시간의 고통을 나의 서사로 정리해보려는 노력은, 엄마가 건넨 언어의 옷으로 덮였다. 문득 그 시간이 '지긋지긋하고 징글징글하고 피딱지가 앉은 것처럼' 느껴진다. 나의 선택으로 내가 겪어내고 있는 귀중한 시간이 순식간에 '한 많은 내 인생'으로 변모한 느낌이었다면 지나칠까? 인생에게 멱살을 잡혀 끌려가는 느낌이 들었다면 과장일까?

의문이 들면 상대에게 이유를 물어보는 게 최고다.

"왜 '후비다', '파올리다'라고 말해?"

엄마는 겸연쩍게 웃었다.

"그러게. 내가 왜 그렇게 말했지? 몰라. 그게 익숙해."

익숙해서 그렇게 말한다는 것은 그 외에 다른 방식을 모르거나 또는 알아도 사용하고 싶지 않다는 뜻과 같을까. 내가 아는 우리나라의 장노년 세대 중에는 이런 식의 표현법에 익숙한 분들이 많았다. 현상을 정확하게 직시하기보다는 그저 강도를 높여 '느낌적 느낌'을 전하고자 하는 방법들. 그게 쉽고 편리한가? 정확한 명사와 형용사를 사용하는 대신 접두사나 접미사, 부사를 사용해 마음을 표현하는 일이 잦다. 그러면 안전하게 느껴지는 걸까.

글쓰기 수업에서 일부 중장년 여성들은 자신의 인생에 대해 한탄할 때 이런 식으로 쓰곤 했다. "그 인간이 내 인생을 짓이겨놨지. 우리 집안을 들쑤시지 마라. 그 얘기라면 아주 징글징글해. '시 자'라 하면 아직도 지긋지긋하지. 내 심정을 까뒤집어 보여주고 싶다. 시퍼렇게 젊은 게 아주 나한테 까불더라고!"

그저 강도를 세게 높이고자 할 뿐, 어디에도 이르지 못한 감정 표현이다. 물론 감정 쓰기를 처음 시작할 때, '쉽게 다가가기'로는 이런 '날것' 같은 표현이 괜찮다. 하지만 글쓰기 강사로서 나는 수강생들이 이곳에서 더 먼 곳으로 도달해보기를 바란다. 이런 형태의 표현은 '공격성의 소극적 표출'이라고 생각한다(물론 단순히 어휘력 부족일 경우도 많다. '노랗다'라고 말할 것을 아무 생각 없이 '싯누렇다'고 하는 경우도 봤다).

'남편이 나를 모욕하고, 그 사람이 내 인생을 파괴했고, 나는 시부모를 증오하며, 내가 정확히 이해받기를 소원하고, 나는 무시받기를 원하지 않는다'와 '나는 타인에게 존중받기를 원한다'라고 말하는 것은 어떤 차이가 있을까?

전자를 말할 때 누군가는 '심장이 두근거린다'고 했다.

어떤 이는 "무엇을 원한다고 말할 때는, 그 말에 책임을 져야 할 것 같아 걱정스러워요. 하지만 좀 설레네요"라고 했다.

누군가는 "모욕이나 파괴 같은 단어를 쓰면 너무 정 없는 것 같고 똑똑한 척하는 것 같아요. 너무 딱딱하지 않나 싶고요"라고 말했다.

또 누군가는 "시부모를 '증오'하는 것까지는 아닌 것 같고…… 그런데 사실 오래 사시지는 않았으면 좋겠네요. 그럼 내 팔자가 편할 텐데!"라고 말하며 폭소를 터뜨렸다. "아, 배가 간질간질해요. 뭐랄까, 온몸이 막 터질 것 같아요. 이런 말 수업에서 해도 되나요."

자신의 마음을 표현할 적합한 단어를 모르면, 단어의 강도를 높이고 싶어진다. 주장하는 내용을 효과적으로 담아내지 못할 때 느낌표를 많이 쓰고, 문장의 구조를 매끄럽게 다듬지 못할 때 쉼표를 남발하고 싶어지듯이. 마음은 넘치는데 효과적인 방법을 모르는 것이 아닐지.

한번은 엄마가 자신의 시모에 대해 말하고 있었다.

"아주 어려운 분이셨어. 내가 좀 만만하게 보였을까? 그분은 아주 호랑이 같은 분이어서, 아주 보통 분이 아니어서…… 그냥 매일 나를 들었다 놨다…… 그때 내가 몸과 맘이 자근자근 짓이겨져서……. 휴."

한국어를 잘 모르는 외국인 남편에게 이 문장을 통역하기란 그리 어렵지 않았다. 어려운 분, 들었다 놨다, 자근자근, 짓이겨지다라는 단어를 지우고, 상황을 정확히 지칭하는 명사를 찾았다. "엄마에게 아주 '모욕적인' 상황이었다"고 대화를 시작했다. 가부장제, 가스라이팅, 모욕, 노예 취급 같은 영어 단어로 상황을 재서술했다. 남편은 아주 쉽게 상황을 이해했다.

한국 사회는 아직 결코 관용적이거나 통합적이지 못하다. 누군가의 무례와 배타적인 태도가 다른 이에게 분노와 억울함, 불만을 불러일으키는 일이 아주 흔하다. 그런 사회 안에서 특히 여성의 경우에는 분노가 밖이 아니라 자신의 내면으로 향하는 일이 많다. 타인에 대한 공격성이 아니라 자기 파괴, 자기혐오로 둔갑하는 것이다.

감정을 정확한 언어로 바꾸는 연습을 하면 나아진다. 자신을 파괴하지 않게 될 것이다.

다만 이 언어는 천천히 시간을 들여 배워야 한다. 다소 오래 걸릴지라도 충분히 가치 있고 소중한 일이다.

이어폰을
벗어던지고
엿듣고
받아쓰기

– 좋은 글을
쓰기 위해서는
먼저 귀를
열어야 한다

"요즘은 늘 헤드폰을 끼고 다녀요. 소리를 듣는 게 피로하네요." 그러자 한 수강생이 이렇게 물었다.

"선생님, 지난 강의에서는 사람들의 실제 대화를 잘 들어야 좋은 대화를 쓸 수 있다고 하셨는데요."

맞아요, 게을러졌답니다. 반성했다. 실은 한국어에 피로를 느끼는 요즘이다. '존맛'과 '씨팔'을 듣지 않고 싶어서 늘 좋아하는 뮤지컬 넘버를 최고 볼륨으로 듣고 다닌다. 여행지에서 돌아오면 더하다. 서울의 소리들은 몹시 공격적이다. 내 귀에 지나치게 요란하고 복잡하다. 때문에 요즘은 SNS에 적

흰 텍스트에 더 집중하고 영향을 받는다.

하지만 잘 안다. 글을 쓰려면 귀를 열고 다녀야만 한다는 것을. 그 피로감을 기꺼이 받아들여야 한다는 것을. 내면의 갈등이 자주 일어나야 쓸거리가 넘친다. 길거리에 침을 뱉는 소리에 몸서리를 치게 될지라도, 상점 스피커에서 흘러나오는 귀를 찢는 가요에 피로해질지라도, 그 속에 담긴 진짜 사람들의 이야기와 말투, 삐져나온 말 속에 숨은 마음의 결을 놓치지 않기 위해서. 그러다 보면 혼자 품고 있기 아까운, 빛나는 말들도 수집할 수 있게 된다. 문을 닫으면 더러움도 아름다움도 볼 수 없다.

귀를 열면 마음이 저릿한 일도 잦아진다. 오후가 되면 작업실 옆집 할머니가 마당의 라일락 나무 아래에 앉아 말을 건넨다. "그 집에선 언제나 예쁜 사람만 나오네."

그제도 어제도 오늘도 같은 말을 들었다. 그때마다 엉큼하게 웃었다. 그러다 깨달았다. 작년부터 매일 같은 말을 듣고 있었다는 것을. 현관에서 대문까지는 이어폰을 끼지 않고 걸어갔고, 그 덕에 할머니의 말을 들었다는 사실을. 아마도 할머니는 가벼운 치매를 앓고 계실까. 매일 같은 말들을 하며 흐르는 노년의 시간은 어떤 느낌과 빛깔일까.

대화를 적기로 마음먹었다면 어떻게 시작해야 할까? 버스나 지하철, 커피숍, 술집처럼 사람들 많은 곳이 좋은 연습 장소다. 수첩과 볼펜, 태블릿, 스마트폰 등 무엇이든 좋다. 평소에 가장 편안하게 느끼는 도구를 활용하면 된다. 대상이 혼자라면 전화를 하고 있을 수도 있다. 둘 또는 셋, 넷이라면 서로의 대화가 마구 뒤섞일 것이다. 최고의 연습 대상이다.

그들의 대화를 세세히 기록하자. 그들 사이의 관계성을 상상하는 것도 필수다.

어차피 이야기란 현실의 재구성이므로, 마음껏 오해해도 괜찮다. 녹취록을 풀 듯 단순히 대화를 기록하는 것도 괜찮지만, 여력이 있다면 언어 너머의 요소들도 써보자.

사람들의 표정이 어떻게 변화하나요? A가 건넨 말에 B가 멈칫하나요? 갑자기 화장실에 다녀온다고 하나요? 손을 어디에 두었나요? 손의 모양은 편해 보이나요? 한 사람이 대화를 주도하고 있는 것 같나요? 가벼운 이야기에서 묵직한 주제로 넘어갈 때, 누가 어떻게 화제를 바꾸나요? 누군가 거짓말을 하고 있나요?

시간이 허락한다면, 20~30분 이상 오래 관찰할수록 좋다. 사람들의 대화가 어떤 내러티브를 그려가는지 생생하게 목격할 수 있을 것이다. 지루해지면 '나는 탐정이다', '나는 잠복 경찰이다'라고 최면을 걸어도 좋다. 이때 그 공간에 어떤 음악이 흐르는지, 커피 향이 풍기는지 빵 굽는 냄새가 나는지 뽀얀 쌀밥을 짓는 구수한 냄새가 퍼지는지 등을 써봐도 좋다. 자연스럽게, 배경 묘사 스킬을 익히게 된다.

　모르는 사람의 대화를 기록하는 게 꺼림칙하다고 생각할 수도 있다. 그렇지만 뭐 어때요. 내 뇌 속에만 간직할 것인데. 다른 사람들이 볼 수 있는 SNS에 올리지만 않으면 되는 거 아닐까? 나 혼자만 알고 있는 건 죄가 아니다.

　미국의 한 저널리스트는 자신의 취미는 구식 녹음기를 가지고 나가 사람들의 대화를 엿듣는 것이라고 썼다. 심지어 사람들의 입 모양을 읽을 줄 알아서, 몇 미터 떨어진 거리에서 사람들이 나누는 대화를 알아들을 수 있다나! (정말 부럽다) 가까운 거리라면 녹음기를 사람들 쪽으로 향하게 한 뒤 냅킨으로 가려둔다고 한다.

　대화를 듣는 일은 사람들의 말투와 이야기 방식 등을 공부하는 데 도움이 되기도 하지만, 글감을 찾는 데 더 큰 역할을 한다. 대화를 들으며 나의 기분 변화를 살펴보자. 비웃고 싶은지, 한 대 때려주고 싶은지, 울고 싶어지는지, 안아주고 싶은지, 그들 사이에 끼어 한마디 돕고 싶은지. 그것이 당신의 문제의식이 될 것이다. 이 마음은 아마도 우리가 타인의 대화 한 토막을 시작으로 쓸 글의 결론이 될지 모른다.

나는 저작물보다 사람들의 자연스러운 투덜거림, 비아냥, 농담, 논쟁 등에 크게 자극받는 편이다. 내가 쓰는 대부분의 에세이는 사람들의 대화나 팟캐스트를 듣고 나서 궁금한 것이 생기거나 화가 나거나 '공감의 댓글을 달고 싶어서' 부리나케 달려간 결과물이다. 이를테면 나의 강력한 글쓰기 버튼은 '엿듣기'인 셈이다. 대화 한 토막이 에세이의 출발점이 된다는 사실이 기쁘다.

우리는
역할이 아니라
감정을 지닌
존재다

– '힐링됐다'라는 말로
여러 감정을
뭉뚱그리지 말고,
솔직해지기

글쓰기는, 무섭다. 완벽하려는 노력은 글을 누덕누덕 기운 백과사전처럼 만들어버린다. 누구에게도 인상적이지 않은 문장의 나열은 언뜻 대학 신입생의 서툰 리포트처럼 보인다. 한번은 편집자 친구가 메일함에 쌓인 에세이 투고 원고를 보여준 일이 있다. 어떤 원고는 유용해 보이는 자료를 모으고 배치해 쓴 후 여러 번 퇴고해 매끈하게 정리한 노력이 안타까울 정도였다. "AI도 이 정도 글은 쉽게 쓸 수 있어." 기존에 나온 에세이들과 다를 게 하나도 없으니 한두 챕터 이상을 더 읽어나가기 어렵다고 했다.

작가가 어떤 사람인지 전혀 손에 잡히지 않는 글이 읽는 사람을 감응시킬 리 없다. 어떤 작가는 씁쓸하게 웃으며 '매력적인 사람이 쓴 글이 잘 쓴 글을 이긴다'는 말을 하기도 한다. 관점이 우선이고 문장력이나 구성력은 그 다음이다. 구하지 못하는 자료가 없고 내가 아는 것은 남도 다 아는 세상이다. 대단한 철학이 있다면 좋겠지만 글을 처음 쓰는 사람에게 그런 것이 단번에 생성될 리 만무하다. 그러므로 쓰고 싶다는 생각이 들 때마다 스스로에게 물어봐야 할 것은 이거다. "정말 그렇게 생각해? 그 문장은 진심이야?"

글쓰기 초보자 시절, 책상에 붙여놓은 문구가 있었다. "호랑이가 무섭다는 말은 쓰지 말자." 호랑이가 무섭다는 것을 모르는 사람이 어디 있나. 나에게 호랑이가 어떤 의미인지를 쓰자는 다짐이었다. 나에게만 보인 인터뷰이의 비밀은 무엇이었나, 내가 취재한 고장은 나에게 어떤 느낌을 주었나, 이 음식은 정말 맛있는가, 남들이 맛있다고 해서 나도 맛있다고 박수를 치지는 않았나. 그러므로, 나는 세상을 어떻게 바라보는가.

세상을 보는 관점은 '나'에서 출발한다. 글쓰기의 핵심은 내 삶에 기반을 둔 관점으로 접근하는 것이다. 사랑이 얼마나 소중한 것인지 설파하기 전에, 내 삶의 사랑은 어떠했는지 돌아보는 시간이 필요한 이유다.

50~70대 여성을 대상으로 한 복지센터 글쓰기 강의에서 만난 수강생 경애는 평생 비서로 일했다고 했다. 비서는 보스의 목표와 욕구가 반영된 스케줄을 최대한 성취할 수 있도록 돕는 게 목적이다. 클라이언트의 의중을 짐작하고 파악하는 많은 종류의 직업이 있다면 그중 최고 레벨에 비서가 놓일 것이다. 경애는 글을 쓸 때 감정을 배제하는 데 능숙했다. 더욱 흥미로운 점은 예술에 대한 농도 짙은 애정을 지닌 사람이라는 데 있었다. 한번은 그가 줄거리를 요약하고 잡지 리뷰를 인용하는 데에서 멈춰버린 영화 리뷰를 제출했다. 그 회차에서는 누구의 것도 참고하지 않은 생각과 감정을 써보는 것이 학습 목표였다. 한 줄만 제출해도 좋다고 했으나 그는 원고지 20매 정도의 분량을 써냈다.

기관의 특성상 친교 활동을 위해 등록한 수강생도 많았기에 그토록 성실한 과제는 감동적이기까지 했다. 소설이나 영화의 줄거리를 요약하고 '눈물을 쏟을 뻔했다, 힐링됐다' 혹은 '수작이다, 멋있다, 찡하다'라는 문장을 나열한 후 격언이나 속담으로 마무리한 과제를 읽은 후 나는 되묻곤 했다.

"그 영화가 내 인생의 어떤 부분과 비슷했어요?" 혹은 여러 가지의 감정 단어를 예시로 들며 깊은 속내를 꺼내보고자 했다. 큰 소리로 이렇게 말하고 웃어버린 분도 있었다. "나는 속 시끄럽게 만드는 영화는 안 봐요. 유!쾌!한 영화만 봐. 사는 것도 정신 사나운데 머리 안 쓰고 싶어요. 심란해. 심란해."

나의 감정을 불편해하거나 아예 없는 것으로 간주하기. 사회와 가정에서 요구받는 역할만을 성실히 수행하며 살아온 사람들은 자신의 느낌을 감추는 데 능숙했다. 타인의 기대에 부응하며 살아온 인생에는 감정이 끼어들 자리가 없다. 스스로의 감정을 억압하는 기술은 다른 사람의 감정에 공감하지 못하는 기술로 사용되기도 했다. "먹고살기도 바쁜데 사소한 것에 일일이 신경 쓰면서 어떻게 살아? 대충 넘어가."

인생의 굽이굽이마다 느껴온 고독과 공포, 억울, 분노, 피로 등을 떠올리게 만드는 교사는 불편한 존재였을 것이다. 적극적으로 화를 표출하는 여성도 있었다. '당신의 20대를 떠올리면 어떤 기분이 드냐'는 질문에 순식간에 눈물을 흘리면서 동시에 찡그린 얼굴을 한 60대 여성도 잊을 수 없다.

"글쓰기의 십계명 쫙 정리해주세요. 글 잘 쓰고 싶어서 귀한 시간 쪼개 온 거예요. 요령만 딱딱 정리해서 알려주세요.

괜히 사람 신상 캐묻지 말고요."

감정에 대해 질문하면 공격으로 받아들이는 사람들이 정말로 있다는 사실에 당황했지만, 문화센터에서 비슷한 경우를 숱하게 본다는 어머니의 말을 듣고 이해했다. "자기 인생 힘들었던 거 처음 보는 사람한테 말하고 싶겠어? 자식이 보내준 해외여행 얘기나 손주 자랑 같은 거나 들어줘."

내가 무엇을 보고 듣고 느꼈는지 솔직하게 말하는 것은 두렵다. 그보다는 콘텐츠에 대한 '평가'가 더 쉽다. 이를테면 천만 영화를 관람한 후 '역시 웰메이드'라고 엄지를 치켜드는 것. 평생 '역할'로 살아온 이에게 감정에 대한 질문은 곤란하다. 불편하다. 어긋난 인생은 되돌릴 수 없지만 어긋난 글은 다시 쓸 수 있다. 그럴듯하게 꾸며내지 않은, 혹여 비판을 받을지도 모르는, 그렇지만 스스로에게 "정말 그렇게 생각해?"라고 물으면 열 번이고 고개를 끄덕일 의견을 단 한 줄 쓰는 순간, 수강생의 글쓰기에는 가속이 붙곤 했다. 예닐곱 살의 어린아이처럼 세상 모든 것에 정직하고 개성적인 견해를 쓸 수 있었다.

이러한 확신으로 나는 질문을 던졌다. 이런 경우 교사의 질문은 세공되지 않은 날것일수록 더 좋다. 우문이 수강생을 자극해 에너지를 끌어내기 때문이다. 교실 안의 질문과 답변도 하나의 대화다. 인간은 대화의 완성도를 높이고자 노력하는 존재다.

"제 친구도 비서인데 저녁이면 밥 차릴 기운도 없다던데요. 그렇게 자주 뮤지컬 보러 가시는 거 안 피곤하세요?" 작품이 아니라 나의 '감정'에 집중하도록 유인하고 싶었다.

"괜찮아요. 힐링되거든요."

그가 '힐링'이라는 단어를 쓴다면 그 단어를 동아줄 삼아 나아가보기로 했다. 자신의 일상과 달리 희극과 비극의 색깔이 고루 강한 서사를 보며 현실의 자잘한 문제를 잠시 잊게 되는지, 스포트라이트를 받은 화려한 배우들을 보면서 대리 만족을 느끼는 것인지. 서너 개의 질문과 대답을 주고받았지만 그는 '힐링되었다'라는 문장을 조금씩 다르게 답할 뿐이었다.

나중에 안 사실이지만 그는 자신의 생각을 솔직하게 말할 때마다 불안해진다고 했다. 누군가 감정에 대해 물으면 붉어진 뺨으로 되물었다. "뭘…… 어떻게 더 이야기하죠?" 현실은 심리상담실이 아니다. 내가 굳이 드러내지 않은 나의 진짜 감정을 상대가 여러 번 묻는 일은 드물다. 남은 수업 시간 내내 그는 불편한 표정이었다.

우아해 보이는 방법을 안다. 나의 감정을 재잘거리지 말
것, 감정은 되도록 간명한 문장으로 정리해 표현할 것. 성인
이 된 후 밥벌이를 위해 깨어 있는 시간 대부분을 쓰게 되면,
개인의 내밀한 감정은 수트 안으로 굳게 잠긴다. 자신의 감정
에 대해 일목요연하게 말하는 습관을 만들기 위한 자기계발
서들이 많다. 직장에서 단체생활을 원만하게 해내기 위해 필
요한 덕목일지도 모르겠다. 그때그때의 생각이나 감정을 구
구절절 늘어놓거나 혹은 표정으로 드러내는 직원을 반기는
직장은 없다.

당시의 수업은 치유하는 글쓰기가 아니라, 뭉뚱그린 '글쓰
기 강의'였다. 다음 수업에 그분이 오지 않으면 수강료를 돌
려주어야겠다고 생각했다. 놀랍게도 경애는 수업 시작 30분
전에 와서 기다리고 있었다. 지난번의 당혹, 억울, 짜증, 초조
와 같은 빛은 얼굴에서 말끔히 사라져 있었다. 일주일간 그에
게 어떤 생각이 쏟아지고 흐르고 빠져나가고 보태졌을 것인
지 몹시 궁금했다.

다른 수강생이 오기 전 그는 방금 발견한 엄청난 황금빛
보물을 보여주듯 내게 속삭였다. "글쓰기 수업이 이렇게 재
밌을 줄 몰랐어요. 블로그에 글을 꾸준히 쓰면 투잡이나 퇴사

후 전망이 좋다기에 신청했거든요. 그런데, 재밌어요. 뭐가 재밌는지 구체적으로 표현은 못하겠지만요.”

그는 특히 영화 〈라라랜드〉를 특히 좋아한다고 했다. 일주일 동안 자신이 그 화려한 무대 신을 하염없이 바라보는 일을 왜 좋아하는지 스스로에게 물었다. 처음에는 '그냥 좋다' 밖에 떠오르지 않았다. 앞선 수업 때 받은 감정 단어를 짚어가면서 다시 물어봤다고 했다. 부러운가, 초조한가, 행복해지는가, 초라한 기분이 드는가, 다른 존재가 되어보고 싶은가.

“저는…… 그런 주목받는 삶은 상상도 안 해요. 타인의 입에 오르내리는 것도 좋아하지 않고요. 하지만 빛나는 사람들을 보는 것이 좋아요. 극장 안에서 나도 함께 번쩍번쩍하는 세상 속에 있는 것 같다가 불이 꺼지고 '아, 끝났다' 할 때 기분이 좋더라고요. '편안하다', '안도감을 느낀다'에 동그라미를 쳤어요. 음……. 저는 멋진 장면을 보는 건 좋고, 멋지게 사는 건 부담스러운 사람인가 봐요.”

어떤 이들에게 감정을 솔직하게 표현하는 것은 그것이 '평범한 것' 혹은 '별것 아닌 것'일까 봐 저어된다. 자신에 대해 글로 쓴다면 실마리가 될 만한 마지막 문장을 내뱉고는 그는 부끄러움이 뒤덮은 표정을 지었다. 그것은 보기에 찬란했다. 영화평론가들처럼 문체가 유려한 글을 쓰고 싶다던 경애는 어느새 자신의 마음을 들여다보기 시작한다. 마음을 관찰하는 동안엔 다른 작가들의 글과 자신의 글을 비교하고 슬퍼할 겨를이 없다.

이후 몇 번의 수업 동안 그는 뭉툭하게 표현되었던 그녀 인생의 수많은 마음을 꺼내어 세공하기 시작했다. 찬란한 광경이었다. 마지막 수업에서 그는 짧은 문장 몇 개로 과제를 대신했다. '이번 해에 본 영화와 연극과 뮤지컬이 100편도 넘는다. 그 시간에 모두 내 감정이 묻어 있을까. 그러면 그 시간은 그저 버려진 시간이 아닐지도 모르겠다. 그걸 찬찬히 들여다보면 글이 될까. 나는 슬며시 흥겨워지기 시작한다.'

그냥이라는
단어를 지우고
왜라는
단어를 써넣자

- 우리에게는
답이 아니라
답에 이르는 과정이
중요하니까

왜냐고 물을 때는 반드시 입꼬리를 올리는 습관이 있었다. 이따금 어려운 상대에게 왜를 물을 때는, 한껏 눈썹을 내리며 눈을 크게 뜨는 제스처를 취하기도 했다.

나의 질문을 오해하지 말고 순수한 물음표로써 해석해달라는 안간힘이었을 것이다. 사회가 내게 요구하는 안전한 태도를 갖추기 위해 긴장하다 보면 질문과 답변의 에센스에 집중하지 못했다. 늦은 밤 노파처럼 중얼거렸다. "지루해." 친절하고 사려 깊다는 평판을 얻은 반면에 조심스러운 말투와 쿠션 언어를 내버리고 싶다는 갈망이 쌓였다. 나의 언어가 누군가에게 오해를 불러일으킬까 절절매던 시절, 대화는 대개 권태로웠다.

유년 시절, 왜 매일 밤 칫솔질을 해야 하냐고 묻다가 현관문 밖으로 쫓겨난 적이 있다. 몇 번의 질문에도 "그럼 안 할래?"란 윽박만 돌아오자, 나도 부모에게 큰소리를 냈기 때문이다. 상대의 두 눈을 바라보며 발을 굴렀다. 끼익끼익거렸다. 언어는 길을 잃었고 자동차에 치인 연약한 동물 같은 소리만 비어져 나올 뿐이었다. 그건 온몸의 감각을 활용한 마지막 질문이었을까.

정확한 언어로 소통할 수 없겠다는 절망감이 피어난 건 아마 그 순간이었던 것 같다. 당신이 언어를 사용하지 않는다면 나도 기꺼이 그러하겠다고. 모두가 '그냥'이라고 말하는 곳에서 나도 '그냥'을 학습했다. 당신이 내게 이유는 없고 그냥 실행하라고 명령한다면, 나도 칫솔질을 안 할 이유를 대지 않고 그냥 하지 않겠다는 답을 줄 수밖에 없다고.

눈앞의 부모가 아니라 내가 태어나버린 이상한 세계를 향해서 보이지 않는 거대한 벽에 머리를 쿵쿵 박아대는 기분으로 생각했다. '이상한 나를 세계 밖으로 쫓아내라. 하지만 절대 쫓겨나지 않을 것이다.' 그 시점이 사춘기의 전조였을 텐데, 이후로 사춘기를 겪지는 않았다. 포기와 권태를 익힌 어린이는 그냥 애어른이 돼 버린다.

한국 사회에서 "왜?"라는 질문은 발화자의 의도와 다르게 쉽사리 반박 또는 공격, 나아가 시비 걸기로 받아들여지곤 했다. 질문할 수 있는 권력은 서열에 의해 배분됐다. 신입사원은 (업무에 대한 질문은 할 수 있지만) 근본적인 이유는 물으면 안 됐다. "이 프로젝트를 왜 해야 하지요?"란 질문은 '업무 의욕 없음'으로 인사고과에 반영될 터였다. 면접위원은 답변마다 '왜'를 물어 면접자를 탈진 상태로 만들지만, 그들에게 질문을 던질 수는 없다. 그런 식의 '압박 면접'은 상대가 얼마나 질문을 잘 참는지, 얼마나 오랫동안 모멸을 참고 그들이 원하는 답만 내놓을 수 있는지에 대한 인내력 테스트다.

열한 살 때의 '칫솔질 사건'의 '왜'를 30대가 되어서야 탐구해보았다. 아무리 온 힘으로 질문한다 해도 그 누구도 나의 질문에 공명해주지 않는 과정에서 쌓인 분노였다. 단순한 호기심부터 부조리에 대한 저항에 이르는 모든 '왜'에 80~90년대의 양육자와 교육자들은 이렇게 대답하고는 했다. "왜는 일본 요가 왜지." 혹은 "궁금한 게 많아서 먹고 싶은 것도 많겠다."

질문의 구멍을 시멘트로 발라버리는, 엉뚱한 소리를 듣고 는 또 물었다.

"그게 무슨 소리예요? 왜 그렇게 다른 소릴 해요? 왜 대답 을 안 하세요?"

이쯤 되면 그들은 '어린 게 당돌해서 봐줬더니 기어오른 다'는 표정으로 잘라 말한다.

"또박또박 말대답하지 마라."

매일의 감정과 상황에 대해 스스로 이유를 묻지 않은 글 은 정황 묘사에만 머무른다. 물론 그 글도 흥미롭다. 자신과 타인, 사회에 대해 쓸 때 구체적인 정황 묘사를 하는 능력은 그다지 길지 않은 기간 동안 수월하게 발전하는 것을 본다. 대화 쓰기, 캐릭터 만들기, 상황 서술하기 등의 스킬을 배우 고 활용한 뒤 제출한 과제는 무척 흥미롭다. 그 구체성과 다 양성에 삶은 경이롭다는 감탄도 자주 느낀다.

그러나 나의 이야기를 나의 관점에서 써내려갈 때, 잊지 말아야 할 것은 '이유'다.

어떠한 것에 반대한다면 그 이유를 알아야 한다. 어떠한 것을 사랑한다면 그 이유를 알아야 한다. '좋은데(싫은데) 이 유가 어딨어'라는 문구로만 지면을 채울 순 없다. 글쓰기와 말하기가 다른 이유 중 하나는 글은 대충, 그냥, 다들 그러니까, 나만 다르기 싫어서라는 이유로 채울 수가 없다는 점이다. 그런 글은 누구의 마음도 사로잡을 수 없다. 스스로의 마음도.

그렇다면 왜 더 탐구하지 않고 그쯤에서 멈추는 글이 많은 걸까? 아마도 본질에 대한 질문을 하지 않으면, 안전하게 느껴지기 때문일 것이다. 수강생들의 글쓰기 과제를 읽으며 단락의 맺음 부분에 질문을 달아 돌려주는 일이 많다. 질문을 하기 어려운 분위기에서 성장한 동년배의 여성 수강생들에게 글쓰기는 물론 삶의 전반에 가장 중요한 것은 정답이 아니라 정당한 질문을 던지는 연습이라고 믿기 때문이다. 두렵고 불편해도 물어야 한다. '왜 그렇게 느꼈어요? 왜 그렇게 생각하는데요?'

택시기사가 내 요청이나 질문에 대꾸하지 않을 때, 유럽 여행에서 느닷없이 니하오를 당했을 때 왜 기분이 상하나요? 불안인가요, 모멸인가요, 불편인가요, 지긋지긋함인가요? 그 모두인가요?

스스로 왜를 묻고 답하는 과정에서 내가 바라는 삶의 형태를 깨닫게 된다. 어떠한 삶의 양식을 당신이 택했다면, 선택의 이유를 꼭 알아야 한다. 답이 아니라 답에 이르는 과정.

그 사고의 과정을 명확하게 알기 위해 이유를 물어야 한다. 그러면 행여 그 길이 아니라 다른 길로 유턴하게 될지라도 후회할 일은 없다. 이렇게 되면 두세 줄의 '이유'를 찾기 위해 시간이 제법 걸린다.

아마도 스스로를 재양육하는 마음으로 수강생들은 나의 질문을 확장해 만들어낸 스스로의 질문과 그에 대응하는 지금의, 최선의, 올바르지 않아도 되는, 정답이 아니라 고민의 결과인 답들을 달아 제출한다. 나는 기쁜 마음으로 온갖 찬사를 달아 되돌려준다. 글의 완성도에 대한 찬사이기도 하겠으나, 물러서지 않은 용기에 대한 응원이기도 하다. 스스로의 존엄을 지켜내겠다는 의지에 대한 존경이기도 하다.

오늘의 한 줄 말씀이나 유튜브 스님 말씀에서 얻은 깨달음으로 하루는 살 수 있어도 평생을 지탱할 수는 없다. 인생은 단답형이 아니기에. 답은 정답으로 가는 길의 최종 도착지가 아니라, 길의 곳곳에 뿌려져 있다. 그렇게 얻은 답은 어떤 실수나 실패에도 인생이 미끄러지지 않게 돕는다. 질문을 하며 걸으면 가는 속도는 더딜지 몰라도, 우리의 인생이 매 순간 존엄할 수 있게 한다.

제3의 눈으로
객관적 서사를 짓기

모든 슬픔은 그것을 이야기로 만들거나 그것들에 관해 이야기를 할 수 있다면 견뎌질 수 있다는 말이 있다. 《표현적 글쓰기》에서는 이 말을 더 구체적으로 서술한다. "일관성이 있는, 시작, 중간, 끝이 있는 이야기를 창조하는 것은 충분히 입증된 트라우마 치료의 한 부분으로 트라우마에 대해서 글을 쓰는 것의 효과는 신뢰할 만하다." 이 책에서는 이러한 과정을 일컬어 '이야기를 짓는다'라고 표현한다. 이때의 '짓다'는 '집을 짓다'라고 말할 때와 같은 동사다.

위의 책에서 저자는 '자신의 고통스러운 경험을 쓸 때 처음부터 솔기나 이음새 없이 매끈하고 완벽한 이야기를 써내는 누군가'에게 오히려 치료 효과가 없었다는 연구결과를 말한다. '이미 지어놓은' 이야기였기 때문에 쓰는 사람의 마음에 변화가 일어나지 않은 것이다.

늘 가지고 있던 하나의 관점으로 이미 지어둔 매끈한 이야기를 쓰느니, 차라리 4일 동안 매일 20분씩 앞뒤가 맞지 않는 이야기를 써나가는 편이 좋다. 어설프고 앞뒤가 맞지 않는 이야기에서 시작해 점점 인과관계가 명확한 이야기를 쓰게 되어야 진짜 심리적 성장을 이룰 수 있다. 또한 하나의 관점이 아닌 여러 관점으로 이야기를 봐야 한다. 심리치료나 인간관계처럼, 이야기 짓기에도 충분한 시간을 들이는 게 옳다. 같은 사건을 시간을 두고 여러 번 쓰는 것도 좋다. 이야기를 능숙하게 다룰 수 있게 되어 심지어 지루해졌다면? 발전했다는 증거다. 이제 삶을 살려 가면 된다.

이야기를 건축하기 위한 기술들을 소개하겠다. 이 기술은 기본적으로 소설 쓰기의 작법과 유사하다.

이야기를 보는 관점 바꾸기

고통에 빠져 허우적댈 때 우리는 하나의 시선만 가지기 쉽다. 내가 본 것, 내가 느낀 것, 내가 체험한 것만 이야기하기도 벅차기 때문이다. 이때 유용한 것이 다른 사람의 눈을 가지고 그 사건을 보는 일이다. 관점을 바꾸자. 나의 고통에 대해 이야기를 쓸 때 당연히 우리는 '나의', '내가', '나를'처럼 1인칭 단수 대명사를 사용한다. 이것들을 '그는', 'ㅇㅇ은', '그의' 등 3인칭으로 바꾸자. 3인칭은 1인칭에 비해 좀 더 거리를 준다. 좀 더 안전하다.

나는 열세 살 때 피아노 경연대회에서 악보를 잃어버려 연주를 망친 사건을 사는 동안 한 번도 부모님과 터놓고 말해본 적이 없었다. 그러다 글쓰기 연습을 하던 어느 날 예상치도 못하게 이렇게 써버리고서 오랫동안 숨겨온 마음을 보았다. 18세기 덴마크 백작의 딸이 유모가 정성껏 지은 드레스를 입고 귀족들 앞에서 연주하다가 망치고는 눈물을 훔치며 방으로 뛰어들어가는 이야기를 쓰며 키득키득 웃다가 부모님이 나에게 이런 위로와 격려를 건네는 장면을 쓴 적이 있다. "애야. 피아노 따위 아무것도 아니야. 네가 마음이 다치지 않았으면 좋겠다. 다시는 연주를 시키지 않으마. 하고 싶은 만큼 즐겁게 연주를 하렴."

3인칭으로 쓰기

3인칭으로 이야기를 다시 쓰면 자신의 자아를 넘어 상황 전체를 조망할 수 있게 된다. 대충 생략해버리고 싶은 사실을 쓰게 되는 효과도 있다. 처음부터 3인칭 쓰기에 능숙한 사람은 없다. 글을 읽은 사람들이 자연스럽지 못하다고 말할지도 모른다. 신경 쓰지 말자. 훈련을 할수록 3인칭 쓰기가 편해질 것이다.

- 3인칭으로 쓰기가 편안해지면, 이야기를 구성하는 요소를 바꾸어 쓰는 연습을 해본다. 시대, 국적, 나의 나이 등을 모두 바꾼다.

철저한 관찰자의 입장이 되어 내가 겪은 일 중 하나를 그 사건을 목격한 사람의 입장에서 3인칭으로 서술하자. 기자가 사건 현장을 기록하는 것처럼 쓴다고 생각하면 이해하기 쉬울 것이다.

*1_* 당신의 위치를 보자. (대한민국? 서울? 내가 자주 가는 장소? 낯설었던 장소?)

*2_* 기존의 관습을 무시하자. 알고 있는 지식을 버리자. 나는 아무것도 알지 못한다.

*3_* '외부인'의 눈으로 보기 위해서 당신의 '입장'을 바꾼다. 나이와 성별을 바꾸거나/외국인의 눈으로 보거나/어린아이/청소년의 입장과 말투를 취해도 좋다.

*4_* 핸드폰에 저장된 사진을 꺼내 보며 써도 좋다.

*5_* 모양과 색깔, 행동 패턴, 구성 등을 외부인의 눈으로 샅샅이 묘사해본다.

내가 사는 도시의 길, 지하철, 업무 방식, 양육 방식, 독서클럽, 카페, 식당, 아파트, 모임, 술집, 마트, 집, 가족, 요양원, 유치원, 동창회, 부부 모임, 동호회, 명절, 뷔페… 그 외 모든 것.

고통을 겪을 때 대부분의 사람은 통제력을 상실한다. 나만 혼자 뚝 떨어진 기분을 느낀다. 평소라면 능숙하게 해내던 일들이 모조리 불가능하게 보이기도 한다. 혼돈 속에 흐트러져 있는 것들을 재료로 삼아 집을 짓듯, 이야기의 구조를 만드는 것. 땅을 다지고 기둥을 세우고 벽돌을 쌓듯 이야기를 쌓는 것. 그 일들을 하는 동안 우리는 삶에 대한 통제력을 회복한다. 글쓰기를 통해 우리에게 어떤 일을 일어났는지, 그 일이 어떠한 의미인지를 제3의 눈으로 바라보는 과정에는 사람을 세우고 걷고 달리게 만드는 힘이 숨어 있다. 그 힘을 당신도 꼭 느꼈으면 좋겠다.

익숙한
언어로부터의
탈주

– 감정을
낯선 외국어로
해체하고
재정의하기

여자아이의 입버릇은 "나는 괜찮아요"다. 아이는 철이 들면서 '괜찮다'라는 말에 능숙해진다. '딸이면 어쩌나……' 하고 염려하는 엄마의 목소리를 자궁 안에서 들었을 때 그러하다. 태어난 지 이틀 만에 퇴원하며 '기다리던 손자도 아닌데 병원비도 아깝고' 하는 할머니의 목소리를 들었을 때 그러하다. 엄마가 안아주리라 믿으며 '나 반장 됐어!' 하고 외치며 달려가지만, '며느리 노릇 하느라 바빠서 너 학교 일까지 도우러 갈 시간 없는데……'라고 말하는 엄마의 근심스러워하는 표정을 보았을 때 그러하다.

엎드려 동화책을 읽는 여자아이 등에 남동생이 올라타 당혹스러울 때 내칠 방도를 몰라서 그러하다. 끝내 커다랗게 울음을 터뜨린 여자아이를 향해 '네가 울면 동생이 얼마나 민망하겠니?' 하고 윽박지르는 할머니를 향해 그러하다. 세상과 자신, 두 방향으로 동시에 말한다. "나는 괜찮아요."

이때의 '괜찮아요'는 타국의 언어로 어떻게 번역될 수 있을까. 여자아이는 모든 것이 정말로 괜찮을 때 '괜찮다'고 말하지 않는다. 기분이 좋으면 아이는 소리가 난다. 성장하면서 하나둘 잃어버리게 되겠지만, 아이는 큰 소리로 노래를 만들어 부르거나 동물이나 나무를 흉내 내며 춤을 추는 능력을 타고났다. 표정 없이 내는 '괜찮아요'는, 이를 테면 'I am OK'보다는 'I don't care'에 가까울 것이다. 나 자신이 편안하고 행복한 것에 나는 그다지 관심이 없어요. 상처받지 않아요. 저를 너무 신경 쓰지 마세요.

어떤 여자아이들은 일찌감치 고통에 둔감해지는 법을 배운다. 슬프고 외롭고 억울할 때마다 차라리 그것을 느끼지 않는 편을 선택한다. 모든 고통을 일일이 느낄 수는 없기 때문이다. 고통을 모두 느낀 아이는 범죄자가 되거나 수도자가 될 것이다. 대부분의 아이들은 차라리 고통을 없는 것으로 만들어버리는 방법을 익힌다. 이를테면 사회에서 안전하게 여겨지는 행동을 따라 하는 방법으로. 자신의 어머니가 어떻게 하는지를 흉내 내는 쪽으로. "나는 괜찮아요, 제가 양보할게요, 저는 어떻든 상관없어요, 다른 사람이 좋으면 저도 좋아요." 으르렁거리는 대신 온순한 표정을 짓는다. 가짜 미소를 배운다. 활짝 미소짓는 동안 고통은 잠드는 듯하다.

나는 갑자기 토하거나 심각하게 열이 오르는 식으로 고통을 표현했다. 웃으며 뛰어놀다가 덧문을 닫으러 가서는 밖에서 불어오는 찬 바람 한방에 저녁 식사를 모조리 게워내는 식이었다. 엄마는 나의 예후 없이 들이닥치는 증상들 앞에 당혹스러워했다. "멀쩡하다가 갑자기 왜 그래?" '괜찮아요'에 익숙해지는 일의 위험은 스스로를 속이는 말에도 효과적으로 작용한다는 데 있다.

서서히 강도가 심해지는 복통을 외면하면서도, 정말이지 나는 괜찮았다. 참는 일보다는 나의 상태를 감각하고 표현하는 일이 더욱 어려웠다. 약 상자를 열고 엄마가 하는 질문은 언제나 난해한 외국어 같았다. 머릿속이 온통 뒤엉켰다.

"배의 어느 부분이 어떻게 아파? 답답해? 콕콕 쑤셔? 찌르르해?"

나는 계속 모른다고 하거나 때로는 이랬다 저랬다 하면서 엄마의 표정을 살피는 식으로 정답을 맞히기 위해 애썼다. 바위가 누르고 있는 듯하기도 하고 바위의 깔끄러운 표면이 배를 찔러대는 것 같기도 하고.

정서적 고통 앞에서도 비슷했다. 일기장 말미에 오늘치 깨달음을 적어 제출한 뒤 교사의 칭찬을 기다리며 느끼는 초조함 외에, 어떤 색채의 감정도 잘 알지 못했다. 나는 불행하지 않고 잘 지내는 척했다. 아마 부모도 자신이 어떻게 다룰지 모르는 감정을 딸에게 어떻게 가르칠지 몰랐을 것이다.

다른 아이들이 자신의 기분이나 통증을 되는대로 마구 말하는 것을 보면서 바보 취급했다. "아이들이란 유치하군." 예컨대 두 살 어린 나의 남동생. 남동생은 무엇을 느끼고 원하는지 언제나 아이처럼 말했다. "과자 더 줘, 학교 안 갈 거야, 안 잘래, 엄마 미워, 누나 싫어." 때로는 감정 표현을 훌쩍 뛰어넘어 곧바로 자신이 원하는 바를 관철시키기도 했다.

누나 아이스크림 내가 다 먹었어? → 빈 껍데기를 옆집 마당에 던져버린다.

피아노 학원 재미없어. 안 갈 거야. → 악보 책은 길에 버리고 온다.

학교 수업 지루해. → 교사가 뒤돌아 판서하는 동안 집에 와버린다.

누나만 없으면 엄마 아빠 돈 다 내 건데! → 나와 싸우고 난 후 나란히

손 들고 벌을 서며 흘겨본다.

나는 부러웠다. 하지만 가정 안에서 극단적인 감정 표현은 남동생에게만 허락된 것 같았다. 부모의 애를 태우고 눈물 짓게 할 자유조차도.

어른의 한국어, 아이의 영어

2016년 한 여성 커뮤니티 사이트를 매일 들어갔다. '한국적인 것'의 피로를 공유하던 여성들은 외국어 공부법을 나누고 서로의 학습을 격려하기도 했다. 일반인들의 실제적인 영어 학습법이 매일 올라왔다. 긴 잠에서 갑자기 깨어난 사람처럼 영어를 공부하기 시작했다. 언제까지 흥미가 지속될지 스스로도 믿지 못해서 그곳에 소개된 갖은 방법을 급하게 모두 써보았다. 전화 영어, 개인 과외, 유튜브와 팟캐스트 채널 구독, 한국인끼리 하는 프리토킹(개인적으로 가장 효과가 없었다). 휴일이면 대형서점과 중고서점에 가서 지난번에 산 것보다 조금 더 효과적으로 보이는 영어 교재에 유혹당했다.

당시의 나는 한국어에 지쳐 있었다. '피로'라고 감히 말할

수 있을 것이다. 한국어를 쓰는 나라에서 태어나 문과를 졸업해 한국어로 인터뷰하고 한국어로 자료를 읽고 한국어 기사를 썼다. 한국어로 감각하고 한국어로 사고하는 나는 안전했다. 익숙했다. 그리고 지겨웠다. 한국어로 '지긋지긋하다'고 말할 때의 느낌이란 정말이지 지긋지긋했다.

모국어에는 사용자의 기쁨과 슬픔의 기억이 모두 붙어 있다. 태어나서 성장하며 지나온 무수한 시간만큼의 무수한 기억과 감정이 찰싹 붙어 있는 나의 모국어. 그것은 종종 자유로운 감정 표현을 저해했다. 지저분한 낙서로 뒤덮인 벽으로 느껴질 때조차 있었다. 내가 아는 수많은 감정 단어들이 벽돌 같은 사전이 되어 가슴을 짓누르는 기분이 들기도 했다. 어떤 말을 뱉어도 상투적으로 느껴지거나, 때로는 이미 겪은 전생의 기억 같거나. 영화의 한 장면을 따라 하는 느낌이 들기도 했다. 아마 우울의 시작이었을 것이다. 내 언어가 환멸스러운 순간.
새로운 언어를 만나게 된 순간은 나만의 작은 혁명 같았다. 특히 외국어로 내 마음에 대해 더듬더듬 말할 때. 그때 만난 연인의 프랑스어와 나의 한국어 사이에서, 우리는 양쪽 모두에게 서툰 영어로 등불 없이 밤길을 걷듯 대화를 나눴다.

당시의 나는 감정의 거친 웨이브 위에 놓여 있었다. 가끔은 이불을 치며 오열할 정도로. 새로운 언어와 문화를 배우고 새로운 관계를 만드는 동안, 한편으로는 어린 시절의 상처들이 자꾸 헤집어졌다. 부은 눈을 한 연인에게 상대는 자주 물었다. "왜 울었어요? 마음이 어떻게 아팠어요? 그럼 무엇을 하고 싶어요?" 고마운 대화 상대였다.

한국어와 달리 돌려 말할 방도가 없던 것, 가용 단어의 자원이 부족했던 것, 능숙한 한국어 스킬 안에서 자유자재로 감정을 숨길 수가 없던 것은 돌아보니 차라리 다행스러웠다. 상대에게도 영어는 모국어가 아니었다. 수를 쓰다간 관계는 대번에 망가질 터였다. 평소 내가 하던 대로 감정을 배배 꼬아 말하면 대화는 이내 중단되었다. 공기가 자욱해졌다. 모국어는 자주 감정을 속인다. 어른스럽게 자신을 가장해 말할 수 있는 한국어 대신 유아 수준의 외국어로 말할 때, 감정들은 오히려 하나씩 천천히 펼쳐졌다.

이미 아는 단어를 해체하고 재정의하기

감정의 이름을 영어로 모르니 사전을 찾아야 했다. 한국어의 '답답해'와 '짜증나'를 영어로 찾아보았으나, 그 단어들은 어쩐지 내 것 같지 않았다. 영어 선생님을 붙잡고 물어보니 다른 한국인들도 자주 느끼는 어려움이라고 했다. 서럽다, 억울하다, 짜증난다, 답답하다처럼 영어 단어로 치환해 사용할 때 어딘지 좀 부족한 느낌이 드는 한국어 감정 단어들이 낯설게 보였다. 익숙한 그 단어들이 아주 많은 욕구를 가리고 있다는 것을 깨달았다.

'억울하다'를 대체 어떻게 번역할 수 있을까. 국어사전에서 '억울하다'의 정의는 '아무 잘못 없이 꾸중을 듣거나 벌을 받거나 하여 분하고 답답하다' 정도다. 한국어 정의도 와 닿지 않았다. 내가 정의한 나의 '억울하다'는 '나는 더 나은 대접이나 보상을 받을 권리와 자격이 있다' 정도였다. 그래서 앞으로는 그렇게 말하기로 했다. "나는 그런 대접을 받지 않았어야 했어." 조금 어색하고 아주 길었지만 명료했다.

한번은 "괜찮아. 나는 괜찮아" 하며 오열하다가 "정말 괜찮아요?"란 물음에 이렇게 말했다. "아뇨. 나는 나를 싫어해요. 정확히는 지금의 내가 싫어요."

또 한번은 취해서 이렇게 말했다.

"어릴 적에 나는 매일 춤을 추고 싶었어. 다른 가족의 기분은 신경 쓰지 않고 눈치 없이 행복하게. 나는 음악과 즐거운 기분을 모두 사랑하거든."

"그런데 왜 춤을 추지 않았어?"

'눈치가 보여서. 분위기 깨는 것 같아서. 혼자만 행복하면 이기적인 것 같아서' 같은 말은 도저히 할 수 없었다. 그래서 대충 "모르겠다"고 얼버무렸다.

그러다가 서툰 외국어로 더듬더듬 "그곳은 내가 머물고 싶은 장소가 아니었어, 그건 내가 느끼고 싶은 감정이 아니었어. 나는 그런 긴장을 좋아하지 않으니까"라고 말하며 이상한 자유를 느꼈다.

당시에는 서너 가지 정도의 질환이 겹쳐 발병하는 바람에 늘 어지러웠다. 어지러운 몸으로 정신의 명료함을 원했다. 내 귀에 들리도록 소리 내어 말해야만 사고할 수 있었다.

스스로에게 물었다. '서러운가? 답답한가? 짜증나는가? 억울한가?' 나는 고개를 저었다. 모두 아니었다. 사람은 자신이 느끼는 감정에 대해서도 감정을 느낀다. "서럽고 억울해"라고 말해보니 불편감이 느껴졌다. 그렇다면 무엇일까?

머리가 돌아가지 않으면 길을 걸으면서 혼자 영어로 질문하고 대답했다. 감정을 가능한 한 추상보다는 구체적으로 포착했다(일종의 영어공부였다). 화보다는 배신감, 슬픔보다는 상실감. 서러움을 대체할 내 단어를 찾고 싶어서 애를 썼다. 나의 감정은 '분노'에 가까웠다. '더 많은 자유를 원한다'에 가까웠다. 나는 무례할 자유, 화를 자유자재로 표현할 자유를 원했다.

··· What do you want?

너는 무엇을 원하니?

아니, 해야 하는 것과 필요한 것 말고.

네가 진짜 원하는 게 뭐냐고?

한 번도 아이처럼 말해보지 못했던 나는 이제야 아이처럼 말하기 시작했다.

아아, 내가 사랑하는 과도한 대명사의 나열. 나는, 나를, 나에게, 내가, 나의 것.

··· 나는 아이를 낳고 싶지 않아.

나는 나를 더 키우고 싶어. 아직 제대로 자라지 못했으니까.

나를 영어 학원에 보내자.

나를 비행기에 태워 좋은 곳에 날려 보내자.

나에게 좋은 것을 듬뿍 먹이자.

나를 푹 재우자.

그토록 풍요한 사랑을 나에게 주고 싶어.

흘러서 넘쳐버리도록.

나쁜 감정들은 밀물처럼 보통 한꺼번에 몰려온다. 당신은 파도에 떠밀려 쓰러진다. 여러 가지 감정에 압도되어 버린다. 만약에 당신이 감정들을 한 번에 하나씩 느낄 수 있다면 어떨까. 하나 정도는 잘 다룰 수 있을 것이다.

예컨대, 좋아하는 친구와 같은 회사에 지원했는데 친구는 합격하고 나는 낙방했다면 노력에 대한 허탈함, 부모님에 대한 미안함, 미래에 대한 불안감, 친구에 대한 질투, 기뻐하는 친구를 축하해주지 못하는 자신에 대한 실망감, 같은 스터디 원들에게 드는 부끄러움, 자신의 지능과 근면에 대한 무력감 등이 뒤섞여 도무지 일어설 수 없는 것처럼 느껴진다.

이럴 때 아기 같은, 또는 영원히 내 살갗처럼은 느껴질 수 없는 외국어로 감정을 설명하는 것은 의미 있다. 약간의 노력이 더해진다면, 상충되는 감정들은 한 번에 하나씩 경험될지 모른다. 과거의 감정과 기억에 달라붙어 있지 않은 외국어 단어들은 자신을 원거리에서 바라볼 수 있게 한다.

한국어가 나의 살갗이라면, 후천적으로 학습해서 사용하게 된 외국어는 나의 옷이다. 살갗이 아니라 옷이므로, 자주 구겨진다. 따라서 종종 세탁과 다림질을 해야 하며 가끔은 몹시 어색하기도 하다. 하지만 익숙했던 나를 완전히 새롭게 보이도록 만들기도 한다. 기분이 저조할 때 늘 꺼내 입는 화려한 꽃무늬 원피스처럼, 나는 외국어를 사용해 기분을 고조시키기도 한다.

새로운 세상으로 건너갈 때는 새로운 언어가 필요하다. 많은 보고서에서 "다중언어 사용자들이 다른 언어를 사용할 때 마치 다른 존재인 것처럼 느낀다"고 말한다.

익숙한 언어로 이뤄진 땅을 벗어나 기꺼이 낯선 외국어의 파도에 자신을 내던진, 먼 곳의 작가들을 바라본다. 2차 세계대전의 포화 속에서 스위스로 망명해 (모국어인 헝가리어 대신) 프랑스어로 작품 활동을 한 아고타 크리스토프가 대표적이다. 새로운 자아를 만나고 또 다른 세계를 창조하기 위해서 자신에게 익숙한 영어를 버리고 이탈리아어를 새로 배워 소설을 쓴 줌파 라히리의 선택은 보다 자발적이었다. 라히리는 '창작에 안정감만큼 위험한 것은 없어서'라는 이유를 들어, 작가로서의 매너리즘을 피하고 새로운 자극을 얻는 방법으로 타국의 언어를 선택했다. 그는 새로운 언어는 새로운 인생이며, 문법과 구문이 당신을 새로운 감정으로 이끌 것이라고 말했다.

비단 글쓰기뿐일까. 쓰고 말하고 살아가는 모든 길에서, 안락함에서 벗어나 다른 '언어'의 중심으로 풍덩 뛰어드는 것. 그 용기는 감정과 자아의 경계에서 벗어나는 더 큰 용기로 확장될 것이다.

당신은
어디에서
<u>쓰고 싶나요?</u>

- 몸의 위치가
  바뀌면
  글의 문체도
  바뀐다

　해박한 지식과 특유의 감수성을 지녀 뉴욕 지성계의 여왕이라고 불린 미국의 소설가 수전 손택을 혹시 아는가? 나는 그녀가 침대에 엎드린 포즈를 하고 찍은 사진을 가장 좋아한다(다음으로 좋아하는 건 곰돌이 인형 옷을 입고 찍은 사진이다). 손택은 자신은 침대에 온몸을 쭉 뻗고 누워 초고를 쓴다고 말한 적이 있다. 덧붙여 "되도록 많은 사람이 침대에서 글을 쓰는 기쁨을 알았으면 좋겠다"고도 말했다. 그의 저서 《수전 손택의 말》에 등장하는 글 쓰는 장소와 글쓰기에 관한 대화가 인상 깊어 여기 옮긴다.

콧   의자에 앉아서 쓰시나요, 아니면 책상머리에 앉아서 쓰
      시나요?

손택   초고는 침대에 사지를 쭉 뻗고 누워서 쓰는 경향이 있
      어요. 그리고 뭔가 타이핑할 거리가 생기면 그대로 나무
      걸상을 책상 앞에 끌어당겨 앉죠. 그때부터는 계속 타이
      프라이터 앞에 앉아 있는 거예요. 어떻게 글을 쓰시죠?

콧   책상 앞에서 상당히 딱딱한 의자에 앉아서 사방에 온갖
      물건들을 어지럽게 늘어놓은 채로 글을 씁니다.

손택   완전히 벌거벗고 온몸을 벨벳으로 휘감은 채 글을 쓰면
      좀 다른 글이 나올 것 같지 않으세요? (웃음) 괴테인가,
      아니 실러인지도 모르겠네요. 따뜻한 물에 발을 담그고
      글을 쓴 작가에 대한 얘기들이 많잖아요. 그리고 바그너
      도요. 방 안에 향을 피우고 향수를 뿌리고 실크 가운을
      입어야만 작곡을 했다고 하죠.

콧   하이든은 작곡할 때 의례용 가발을 썼다고 해요. (중략)

콧   블라디미르 나보코프는 연단에 서서 작은 인덱스 카드
      에 책을 썼다고 해요.

손택   선 채로 글을 쓴다니 상상도 가지 않네요. 그렇지만 그
      런 의미에서 몸도 바뀔 수 있다고 생각해요.

콧   몸이 바뀌면 문체도 바뀔 거라 생각하세요?

콧의 질문에 주목해보자. 우리 몸이 다른 모양으로 움직인다면, 다른 곳에 존재한다면 우리의 글이 바뀔까? 몸이 바뀌면 문체도 바뀔까? 단어들이 배치되며 문장과 단락을 이루어가는 동안, 그 미묘한 밀도와 색깔의 변화를 민감하게 감지하며 쾌락을 느끼는 유형이라면, 몸의 변화가 글에 미치는 영향을 이미 경험해보았을지도 모르겠다.

어디에서 글을 쓰느냐는 질문으로 돌아가보자. 나는 우선 당신이 쓰는 글의 종류를 묻고 싶다. 어떤 글인지에 따라 글 쓰는 장소의 영향력이 달라진다고 믿기 때문이다. 정보 전달이 목적이며 간결하고 정확한 문체가 중심인 기사를 쓰는지, 운율과 무드가 중심인 서정시를 쓰는지 알아야 장소에 대해 말할 수 있다. 언제나 목적어가 중요하다.

잡지 기사를 작성하던 시절에는 '쓰는 장소를 따지는 건 사치'라고 배웠다. 시위 현장을 취재했던 선배들은 이런 무용담을 늘어놓았다. "벽돌을 베고 자다 새벽에 깨어 길바닥에 앉아 기사를 쓰곤 했지." 전쟁터나 시위 현장에서 글을 쓰는 저널리스트의 이미지에 매혹되었던 시절, 취재를 마치고 돌아오는 고속버스 안에서 흐린 불빛에 의지해 기사 초고를 쓰며 자긍심을 느끼기도 했다. 밥만 제때 먹는다면, 앉아 있는 시간만큼 기사를 '뽑아내던' 시기도 있었다. 여러 가지 기사의 패턴을 체화하고 그날의 기사 주제에 맞는 패턴을 골라 적용하면 되는 종류의 작업이었기 때문이다.

사적 경험과 섬세한 감정을 다루는 에세이. 에세이는 얼핏 수월해 보이지만 의외로 굉장히 다루기가 어려운 장르다. 쓰는 사람의 성향과 성격, 쓸 때의 상태 등이 숨길 수 없이 드러나기 때문이다. 그래서 매혹적이고 그래서 잔인하다. 몸과 마음의 건강 등이 고스란히 드러나지만, 쓰는 장소에 따라서도 글의 무드나 흐름이 달라지는 것을 경험했다. 식탁 테이블에서 마루 소파에서 공동작업실에서 공원 벤치에서 병원 대기실 의자에서 글을 써보면 어떤가. 스마트폰과 태블릿의 가벼움 덕에 실험은 자유로워졌다. 누구와 함께 있는가, 그 장소에는 어떤 소리가 들리는가 등의 변수 역시 글의 분위기에 영향을 미친다.

글 쓰는 장소나 도구에 영향을 잘 받지 않는 동료들도 여럿 만났다. 한때는 그들처럼 무던한 척해보기도 했는데 시간 낭비였다…….《센서티브》같은 민감성 인간을 위한 대중 심리서를 몇 권 읽고 타고난 민감성을 최대한 활용하는 쪽으로 방향을 틀었다. 평소 민감하다는 소리를 자주 듣는다면, 글마다 다른 사람처럼 느껴진다는 말을 자주 듣는다면, 혹은 여러 장소를 옮겨 다니며 느끼는 미세한 변화를 즐긴다면 글 쓰는 장소에 대해 실험해보기를 권한다. 민감성을 활용해 여러 가지 정조와 문체를 발견하는 것도 글쓰기의 재미니까. 특히 다음과 같은 경우라면 장소에 변화를 꾀하자.

1 / '더는 못해'의 순간에

하나의 테마로 글을 여러 편 쓰다 보면 '더는 못해'의 순간이 오고야 만다. 지금이야말로 책상에서 일어설 때다. 기억나지 않는 것은 필요하지 않은 것이라는 격언을 기억하며(참고할 책들과 볼펜 자국으로 두꺼워진 메모 수첩을 방에 남겨둔 채) 여행길에 오른다. 낯선 장소의 낯선 게스트하우스에서 온몸의 감각을 열어젖힌다. 그다음에는 그 장소의 모든 것을 '브리콜라주'한다. 브리콜라주는 손에 닿는 재료를 사용해 새로운 것을 창작하는 행위를 뜻한다. 시장에서 상인과 손님의 대화를 듣는다. 받아 적는다. 카페 주인과 농담을 나눈다. 받아 적는다. 벼룩시장에서 온갖 잡동사니를 구경한다. 그 물건들의 형태와 색채를 묘사한다. 바다에 빠진다. 젖은 머리를 털며 돌아와 바닷물에 빠졌다 나온 몸의 냄새에 대해 적는다. 그리고 다시 책상으로 돌아와서 전에 쓰고 있던 파일을 열고 새롭게 얻은 감각과 재료들로 빈 부분을 채우자. 어려움과 답답함, 지루함 등으로 정체되었던 쓰기 작업은 새로운 의미를 얻는다. 그저 '기분 전환 삼아 여행을 간다'는 것과는 다르다.

하지만 어디로도 떠날 수 없는 경우도 많다(코로나19 시대처럼 말이다). 산책은 작은 여행이다. 나는 늘 한낮의 동네 산책, 길가에서 이야기하는 사람들에게 괜스레 무언가를 물으며 대화에 끼어드는 것을 좋아했다. 산책하는 할머니와 그 개에게 말을 거는 것도 즐겼다. 그러고 나면 사람에 대한 애정이랄까, 묘한 행복감에 사로잡혀 서둘러 책상 앞에 오게 된다. 나는 과거의 기억을 들추고 조립하는 에세이 작업을 자주 하기 때문에, 자아에 지나치게 사로잡히지 않도록 오감을 바깥으로 여는 습관을 유지한다. 그게 오히려 글쓰기에 도움이 된다.

2 / 감정적 격변에 대해 쓸 때

사람은 유동적인 존재다. 스스로가 자각하는 것보다 훨씬 많이 상황과 장소에 영향을 받는다. 과거의 상처, 내밀한 감정에 대해 쓸 때는 평소에 글을 쓰지 않았던 곳에서 '덜컥' 시작해버리곤 한다. 과거의 상처가 켜켜이 묻은 집이라면 그곳을 떠나야 글이 써지곤 했다(내 방에서 기업 사사 작업을 하다가 반려견의 죽음에 대해 써야 했을 때는 커다란 이불로 사사 자료가 쌓인 책상을 덮어두기도 했다). 10여 년 전에 아주 작은 노트북을 샀을 때(넷북이라고 불렀다) 가장 먼저 한 일은 내 방 책상을 떠나는 일이었다. 평소의 나는 일상적이고 안전한 주제만 다루는 편이었다. 그런데 공원과 버스 정류장, 쇼핑몰 벤치 등에서는 신기하게도 전혀 다른 것들에 대해 쓰고 싶어졌다. 평소에 쓰던 글보다 훨씬 깊숙하고 세밀한 감정을 표현한 글이 튀어나왔다. 질투, 성性적 불만, 분노, 공포 등을 바라보았고 정리를 미뤄왔던 감정들에 대해 쓰기 시작했다. 마음을 꽉 메웠던 방어벽이 사라진 느낌이 들었다.

60년대 비트 제너레이션(1950년대에 미국에서 현대의 산업 사회를 부정하고 기존의 질서와 도덕을 거부하며 문학의 아카데미즘을 반대한 문학 예술가 세대를 이른다) '동남아에서 마리화나를 했을 때 머릿속으로 시집 한 권을 썼다'던 친구의 이야기가 떠올랐다. 이전에는 언제나 '이 감정과 저 감정을 이 단어와 저 단어로 써야겠다'며 계획을 잡고 썼다. 그런데 낯선 장소에서는 이런 '계획의 필터'가 사라지고 나 아닌 누군가가 글을 쓰는 것을 바라보는 느낌이 들었다.

3 / 여러 가지 감정을 꺼내보고 싶을 때

특히 사적인 경험과 섬세한 감정을 펼쳐야만 할 때, 글에는 쓰는 장소의 무드가 베일처럼 드리우곤 했다. 로맨틱과 멜랑콜리와 단호함과 고독과 한가로움의 옷을 입은 글을 보는 것은 흥미로운 경험이었다. 사랑하는 사람과 고양이가 텃밭에 나갔다 들어왔다 하며 글 쓰는 나를 간질이다 내버려두었다 하는 마루 탁자에서 썼을 때, 공원을 걷다가 영감이 떠오를 때마다 벤치를 찾아 네댓 줄씩 써보았을 때, 친구들과 여럿이 같은 탁자를 공유하며 쓸 때. 낭만성이 두드러졌고, 문체의 속도감이 생겼고, 유머가 자주 나왔다. 아마도 이 미세한 차이는 쓰는 사람만 느끼는 것일지도 모르겠다. 타인이 눈치채지 못한대도 상관은 없다. 글쓰기를 지속하게 하는 힘은 내가 아는 나의 변화에서 솟구치기 때문이다.

✢

"이 글은 사무실에서 쓰고 있어요. 집중이 가장 잘 되는 장소입니다."

다수의 수강생들이 과제를 회사에서 한다고 메일을 보내온 적이 있다. 밤늦게까지 야근하느라 쓰는 장소를 옮겨볼 여유도 없고, 점심시간을 겨우 쪼개 과제를 한다는 것이다. 글 쓰는 장소에 변화를 줘보라는 원고를 쓰다가 이것이 그들을 더 막막하게 만드는 게 아닌가 생각했다. 점심시간에 구내식당에서 식사를 하는 대신 회사에서 떨어진 카페에 찾아 한참 앉아 있고 온다는 수강생의 말을 기억한다. 무리와 섞여 있지 않고 혼자 있는 시간이 자신에게 디톡스 타임이라고 했다. 눈을 감고 있거나 책을 읽는다고 했다. "그거 글쓰기예요."라고 나는 대답했다. 활자화되지 않은 언어도 글이기 때문이다. 수전 손택의 침대가 그에게는 그 카페일 것이다.

수많은
억압에도
사그라들지 않은
당신의 화

– 그것은
차별성 있는
글감이다

"넌 좀 빠져라. 빠져."

옆집 할머니가 나를 향해 혀를 차며 손가락질했다. 일곱
살 때의 기억이다. 그분의 손녀가 내 남동생의 얼굴에 빨갛게
흉터를 냈는데 그게 왜 잘못된 것인지 세 가지의 이유를 들어
반박했기 때문이다. 딱히 내 동생을 사랑해서 한 발언은 아니
었다.

"애들이 놀다 보면 그럴 수도 있지."

이해할 수 없는 말을 큰 소리로 하는 사람을 보면 마음속
의 돌이 불에 달궈지는 것 같았다.

"할머니! '애들이 놀다 보면 그럴 수 있지'가 무슨 뜻이에요? 놀이를 할 때는 친구를 때려도 되나요? 제가 놀다가 너무 신난다고 할머니의 손녀를 때리지는 않아요. 친구를 때리면 안 된다고 유치원에서 배웠으니까요. 그리고 할머니는 나이가 아주 많은 어른이신데 왜 아이들에게 잘못된 것을 가르쳐주세요?"

할머니는 정말이지 지친 표정이었다. 기가 차다는 듯 고개를 휘휘 저었다. 쯧쯧쯧 혀를 찼다. 의기양양했으면 좋았을 텐데 나는 오히려 주눅이 들고 말았다. 귀엽고 사랑스러운 어린이가 되려면 차라리 울어버리는 게 나았다. 화가 나면 울음을 터뜨리는 대신 자기주장을 명확하게 따지고 드는 여자아이에게는 어떤 카테고리도 없었다. 나는 눈치가 빨랐고 어떤 경고를 감지했다. "작작 좀 하렴, 악을 쓰고 대들면 귀엽지 않다, 어른에게는 반대 의견을 말하지 마라."

돌이켜보니 어렸을 때의 나는, 현재의 내가 되고 싶어 하는 성격을 고스란히 지닌 아이였다. 왜냐고 묻는 사람이었다. 자기주장이 명확한 사람이었다. 약자를 위해 대신 싸우려 하는 정의로운 사람이었다. 적확한 논거를 들어 견해를 펼치는 사람이었다. 어떤 여자아이들은 누구의 지지도 교육도 받지 않았음에도 그렇게 자라난다.

··· 누굴 닮아서 그렇게 예민해.

왜 그렇게 까탈을 부려.

남 일에 쓸데없이 흥분하지 마라.

끝까지 따지고 들지 꼭!

길길이 대들길 대들어.

한마디로 하면 될 걸 길게도 한다.

말을 돌려서 이쁘게 할 줄 모르고.

남자처럼 말하지 마.

말문이 트였던 서너 살부터 할머니가 돌아가시던 스무 살
때까지 거의 매일 나는 이런 말을 들으며 싸워야 했다. 엄마
를 울게 하는 할머니에게 언제나 세 가지 이상의 논거를 댔
다. 그러면 할머니는 나에게 남자처럼 말하지 말라고 호통쳤
다. 그래도 내가 멈추지 않으면 할머니는 분에 못 이겨 컵에
든 미지근한 물을 내 얼굴에 부으며 소리쳤다. "변호사나 되
라, 똑똑한 년." 축축하게 젖은 얼굴을 휴지로 닦다 보면 주장
은 사그라들고 논리는 초라하게 느껴졌다. 뺨에 붙은 축축한
휴지가 꼭 나 같았다. 드세고 말 많은 사랑스럽지 못한 여자
아이. "사람들이 나를 싫어한다면, 그건 내가 화를 잘 내고 말
이 많기 때문일 거야." 10대 시절 내내 말수가 적은 아이로 자

랐는데 늘 머릿속에 같은 말이 맴돌았다. "유난 떨지 말자. 눈에 띄지 말자."

그럼에도 주머니 속의 가시는 티를 내는 법. 초등학교 3학년 때는 폭력적이고 권위적인 담임 선생님에게 A4 용지 여섯 장 분량의 의견을 제출했다. 단락별로 선생님의 불공평한 대우, 수정해주시면 좋을 점을 적고 마무리에는 '언제든 도울 준비가 되어 있으며 고치기 힘든 것은 우리와 의논하자'고 격려까지 했다! 각자 한 장씩 제출하기로 했던 친구들은 모두 배신하고 나만 선생님과 상담을 하게 됐다. "반 아이들 모두 우리 반에는 어떤 문제도 없다고 썼는데 좀 이상하지 않니? 모두의 생각과 너의 생각이 다르다면 누가 이상한 걸까? 네가 뭘 오해한 게 아닐까?" 고장 난 사물함이나 부서진 의자 등이 쌓인 창고에서의 독대였으므로 나는 공포에 휩싸였다. '혹시 내가 착각했나? 아이들과의 약속이 내 꿈이었나?' 나는 엉엉 울면서 선생님에게 사죄했다. 선생님은 내가 쓴 여섯 장의 종이를 내 무릎 위에 올려놓았다. 나와 함께 선생님의 편애와 폭력성과 불공정을 비판하던 친구들이 연필을 움직이지 않고 있었다는 것은 전혀 몰랐다. 내 글쓰기에 몰두해 있었으니까. 그 사건 이후부터 '눈치가 없다'는 말을 들을까 봐 전전긍긍하게 되었다.

어른이 되어 떠올리니 초등학교 3학년 때 쓴 항소서 여섯 장은 내 최초의 칼럼이었다. 무엇이 잘못되었고, 그게 왜 잘못되었으며, 그래서 어떻게 변화되길 바라는지, 하나도 빼놓지 않고 적은 나무랄 데 없는 글쓰기였다. 다만 그 용기가 지적받고 교정되고 억압되었던 것뿐이다. 나의 담대한 언어는 성장 과정에서 철저히 은폐되었다.

언어는 자신의 존재를 기어코 드러낸다. 말이 되지 못한 용기는 비틀게 꼬여서 울음이나 욕설이 되었다. 온화하고 유순한 나를 연기하면서 스스로 몹시 불화하고 불편했으므로 앞에선 웃고 뒤에선 욕하는 비겁한 사람이라고 자평했다. 어느 날부터 오열과 욕설의 근원을 탐구하기 시작했다. 스톱워치를 맞추어두고 쓰는 동안 절대로 손을 멈추지 않고, 쓴 뒤에는 나에게도 남에게도 보여주지 않는 감정 일기(모닝 페이지)를 써내려갔다. 타인이 읽게 되면 비난받을 것 같은 이기적인 마음과 폭력성도 검열 없이 썼다. 맞춤법이나 띄어쓰기는 틀려도 상관하지 않았다. 하루는 근래에 가장 기분이 나빴던 일을 떠올렸다. 당시의 상황과 감정을 세세히 묘사했다.

취재를 마치고 허기가 져서 밥집에 들어갔다. 허름한 외관이었으나, 손님이 가득했다. 일곱 개의 반찬이 모두 재료도 다르고 조리법도 달랐다. 쌀도 질이 괜찮은지 밥에는 윤기가 돌았다. 세 시간 동안의 인터뷰로 몹시 지쳐 있었으므로, 급히 먹으면 체할 것 같았다. 천천히 먹기 위해 스마트폰을 켰다. 검색해보니 맛집으로 소문난 곳이었다. 그때 '핸드폰 보지 말라'는 호령이 들렸다. 나? 저요? 저? 진짜 깜짝 놀랐다. 너무너무 창피해졌다. 이렇게 사람이 많은데 내가 또 눈치 없이 잘못한 것 같았다(늘상 하는 생각의 오류. 모든 건 내가 눈치 없어서 그런 거라는 자기 강박 발동). 입맛이 뚝 떨어졌다. 빨리 먹고 나가자. 그래도 오기가 솟았다. 지면 안 되지, 다 먹어야지. 지긴 뭘 져? 이기긴 뭘 이겨? 밥 먹으면서 투쟁하냐? 뭐야. 근데 내 기분이 왜 즐거움에서 오기로 바뀌었지? 내 즐거운 식사가 사라졌다. 그 순간 다시 목소리가 들렸다. "바쁜데 빨리 빨리 먹어. 폰 좀 보지 말고!" 나의 논리회로가 멈췄다. 수저를 내려놓고 일어섰다. "이보세요. 손님에게 지금 대체 무슨 예의인가요?"

그다음에는 다시 5분 동안 썼다. 시간이 많을수록 자기검열은 심해진다. 수정할 시간이 많을수록, 초고는 덜 솔직해진다. 자문자답하고, 끊임없이 '왜'를 물어보면서. '그래서 대체 뭘 주장하고 싶어?'라는 훼방의 사운드에는 "좀 성급해. 기다려. 기다려"라고 일렀다. 글로 쓰지 않으면, 이렇게 세세히 생각하지 않는다.

점심시간이었다. 바쁜 시간에는 아무것도 안 하고 재빨리 먹고 비켜줘야 하나?

→ 아니오. 나는 내가 지불한 돈만큼 내 식사를 즐길 권리가 있다.

사람이 많았다. 모두가 같은 지적을 받았나?

→ 아니오. 내 앞에 앉은 남자는 이어폰도 끼지 않고 스마트폰으로 야구를 보고 있었는데 나만 지적받았다.

대체 왜지? 30여 명 가운데 나만 두 번 지적받았다. 처음엔 참았다. 남은 밥을 마저 먹고 빨리 나가려고 했다. 저분들도 힘들어서 그러겠지. 그런데 재차 지적했다. "바쁜데 빨리 빨리 먹어. 폰 좀 보지 말고!"

뭐야. 그 말은 '화풀이' 같았어.

→ 내가 왜 그분의 화풀이 대상이지? 나는 손님의 권리가 없나?

나는 그 서른 명과 무엇이 달랐지?

→ 그 식당은 인근의 공사장에서 온 인부들로 가득 차 있었다.

그 손님들 중 한 명이라도 나와 같은 지적을 받았나?

→ 아니. 밥을 먹는 15분 동안, 정확히 내게만 두 번 지적했다.

상황과 감정을 쓰다가 깨달았다.

나는 차별받았다. 차별의 이유는 내가 나머지 사람과 젠더가 달랐기 때문이다. 이것은 성차별. 드디어, 내가 하고 싶은 말이 도출됐다. 감정은 주장이 되었다. "성별로 차별하지 마시오." 내면의 훼방에 멈칫거리면서, 그 훼방에 손사래를 치면서, 집요하게 썼다. 글쓰기를 좌절시키는 소리에는 귀를 기울이지 않았다. 무시했다. 단 7분 만에 나는 내가 하고픈 말을 깨달았다.

당신이 화가 났다면, 그 일이 아무 일도 아닐 리 없다. 우리는 그렇게 별것 아닌 일로 화낼 만큼 자유롭게 살아오지 않았다. 아무 데서나 화내지 말라고, 웃는 얼굴이 예쁘다고 교육받았다. 그러니까, 화가 났다면 그 감정을 집요할 정도로 들여다 봐야 한다. "저는 문제의식이 없어요. 그래서 감상적인 글밖에 못 쓰나 봐요." 1년에도 여러 번, 같은 토로를 듣는다. 그러면 되묻는다.

"이번 주에 화가 났거나 불편했던 일 있어요?" 그다음에는 일사천리다. 강의실 안은 먼저 이야기하려는 사람들로 웅성거린다. 나는 그중 끝까지 망설이던 수강생을 굳이 지목해 사연을 듣는다.

"길에서 취한 아저씨가 '어이, 예쁜 아가씨들, 쫙 빼입고 어디 좋은 데 가나 봐?'라고 말했어요."

나는 그 말이 왜 불편했는지 이유를 물어본다.

"이유가 반드시 그럴듯하지 않아도 돼요. 상대는 나에게 아무 소리나 '쳐 지껄였는데' 누구 좋으라고 논리적으로 말해야 해요? 친구랑 이야기한다고 생각하고 솔직한 기분을 말해보세요."

그제야 긴장이 풀린 그가 말한다.

"저는…… 저는 취한 아저씨에게 '어디 좋은 데 다녀왔어? 무슨 술을 그렇게 드셨어?'라고 묻지 않잖아요."

시작만 하면 된다. 그다음에는 누가 시키지 않아도 감정을 말하기 시작한다.

"취한 사람에게 뭐라고 하면 해코지할까 봐 무섭고 위축되었어요. 그래서 아무 말도 못하고 도망치듯 그 자리를 빠져

나왔어요. 그게 자존심 상해요."

그 취객에게는 길을 걷는 여성을 품평할 권력이 있고, 나에게는 없다. 그 권력 차이가 나를 화나게 한다. 화가 났다면, 글을 쓸 이유는 충분하다. 물론 처음부터 글의 주제를 찾을 수는 없다. 초고에서는 그저 감정을 쏟아내는 데 집중하자. 진짜 내가 하고 싶은 말을 찾아낼 때까지 시간은 충분하니까. 주장을 채 찾아내지 못했다면 단지 상황과 감정 묘사만 쓴 초고를 남들에게 보여주자. 수많은 동지가 각자의 의견을 보태줄 것이다. 그것들을 잘 갈무리하면서 주장을 찾아내도 좋다.

감정은 힌트다. 우리는 하루에도 여러 번, 어떤 감정에 사로잡힌다. 마음에 걸린 일에 대해 잡고 늘어져야 한다. 칼럼 소재는 어떻게 찾느냐고? 남들이 다 괜찮다고 할 때 나만 이상한 것이 있다면? 그곳이 샘이다. 차별화된 주제와 소재가, 당신의 '화' 안에 있다. 각자의 성격과 상황이 다르므로, 다양한 글이 나온다. 그곳을 파고 파고 또 파면 샘물이 솟아날 것이다. 그제야 남들도 그 샘물을 보며 '아, 그거 참 문제로구나' 할 것이다. 그 또한 기쁘지 않은가!

다시 말하자. 화를 내는 글은 그 자체로 충분히 존재 이유가 된다. 표현이 완벽하지 않아도 구성이 치밀하지 않아도 주장이 날카롭지 않아도 괜찮다. 수십 년간 쓰지 않은 기능이 단숨에 유연하게 작동할 리 없잖은가? 오늘 한 번, 내일도 한 번, 그리고 또 한 번 시동을 걸자. 어느 날엔 아주 유연하고 매끄럽게 굴러갈 것이다. 그러므로 초고는 화를 내는 것만으로도 충분하다. 내가 쓴 분노의 언어가 다른 이에게로 날아가, 글을 쓸 용기가 되어줄 것이다. 아무것도 사소하지 않다고 속삭이며 말이다.

전체를
쓸 수 없다면
부분으로
장면 묘사하기

- 글쓰기도
일종의
계단 오르기다

명쾌한 인간이 되고 싶다. 일목요연하게 이야기하고 싶다. 힘센 주장으로 시작하는 칼럼의 장인이 되고 싶다. 대통령의 연설문을 작성할 수 있을 정도의 파워풀한 작가가 되고 싶다. 물론 다음 생에서.

나는 자기 문체는 물고 태어난다고 믿는 사람이다. 자신이 좋아하는 스타일로 글을 써야겠다는 의도가 모두 구현된다면야, 그 많은 글쓰기 수업이 존재할 리가 없다. 편안한 글쓰기의 시작은 어느 정도의 포기와 인정이다.

인정하자. 내 글쓰기 스타일은 타고난 유전자 안에 일정

부분 들어 있다. 나는 나 같은 글만 쓸 수 있다. 나와 너무도 다른, 그래서 매력적인 글을 쓰고 싶지만 허상이다. 사람은 사는 만큼 쓴다. 자신의 몸과 마음과 일상과 자신의 역사를 통해서만 글은 태어난다.

'장면부터 쓰기'의 구원

엄마의 이야기 방식을 접할 때마다 깨닫는다. 문화센터에서 가장 꼴 보기 싫은 인간의 행동 열두 가지와 더불어 그의 말투와 표정과 목소리에 대한 10분 정도의 디테일한 묘사를 통해 이미 우리 앞에 그 인간이 홀로그램의 형체로 둥둥 떠다닐 때가 되어서야, 엄마는 그 사람이 싫은 이유에 대한 주제문을 정돈한다.

"천박하고 이기적인 인간이야."

10분 동안의 말하기를 통해 생각이 정리된 것인지 아니면 주제문을 듣게 하기 위해 묘사로 나를 끌어당긴 것인지 속내야 모르지만, 엄마의 주제문이 등장하기 전까지 불판 위의 고기가 타버릴 정도로 나는 집중했다.

아, 나는 길고 디테일한 묘사와 표현과 판소리적 문체의 자손입니다. 솔직히 말하자면 그런 것을 실컷 하고 싶어서 글쓰기를 시작했다. 한 번도 신문 기자가 되고 싶지 않았던 이유다.

나는 좋게 말해 디테일한 인간이고, 흠을 잡자면 난삽한 인간이다. 모든 면에서 정리를 못한다. 빈티지 귀걸이를 몹시 좋아하지만 고작 네 개밖에 가지고 있지 않은 이유는, 정리를 못하는 자신을 잘 알기 때문이다. 머그와 가방을 좋아하지만 모으지 않는 것도 마찬가지. 사들여봤자 어디에 뒀는지 몰라서 늘 하나만 사용하니까. 이런 사람이 글을 쓰며 먹고사는 것은 기적 같은 일이다.

작가로서의 장점과 단점을 구별하지 않고 일감을 받다가 죽을 뻔한 적도 있었다. 대기업의 30년 역사를 책으로 기획하고 편집하는 일을 맡았다가 위염에 걸렸다. 기업 사사 작업은 '정리'가 핵심이었다. 1만 가지의 사실을 구분하고 분류해 몇 가지의 키워드에 끼워 넣는 것. 옷장 정리랑 똑같은데, 그 옷장이 한 1,000개쯤 된달까?

내가 글쓰기에서 좋아하는 면(묘사와 디테일)은 모두 자제하되, 싫어하는 면(자료 분류와 보고서식 서술)만 매일 해야 하는 일이었다. 6개월간의 작업을 종료하며 '다시는 기업 사사를 쓰지 않겠다'는 타투를 왼쪽 허리에 새겼다. 내가 사사를 쓰지 않아 지구인의 절반 정도가 사망한다면 다시 한번 생각해보려나? 상상만으로도 소름이 돋는다.

일상을 스케치하는 짧은 에세이 정도라면 별다른 정리 작업 없이 뚝딱 쓸 수가 있다. 하지만 책 한 권이라면? 무엇을 쓸 것인지 나름의 정리가 있어야 한다. 원고지 30매 이상의 에세이를 쓴대도 마찬가지다. 오랫동안 '정리 못하는 인간'으로서의 콤플렉스가 있었다. "나는 긴 글은 못 쓸 거야. 횡설수설하고 말 거야"라는 강박을 가졌었다.

물론 노력에 의해 많이 나아졌다. 인간은 발전의 동물이다. 초보 시절을 벗어나자 매번 사용하는 몇 가지의 글쓰기 패턴이 생기면서 쓰기 전의 정리는 쉬워졌다. 예컨대 언제나 개별적 에피소드로 시작해 보편화를 거쳐 통찰력 있는 문장을 넣는 식으로 자신이 좋아하고 익숙한 '틀'이 생긴다.

하지만 실력이 모자라도 글은 써야 하지 않는가. 편안하게 글에 '입수'할 수 있는 방법을 찾아야 한다. 초보 시절 내가 사용했던 방법은 '장면화'였다. 실제로 겪은 상황이나 영화의 한 장면을 묘사하다 보면 신이 나서 글에 가속이 붙곤 했다. 그 장면에 대한 생각을 적어나가다 보면 A4 한 장이 다 찼고 30분쯤 지나 있었다. 묘사가 지나쳐서 퇴고할 때 절반 이상 줄여버릴 테지만, 하나도 아깝지 않다. 장면 묘사를 하느라 흥이 돋지 않았다면 30분 동안 '결정적 한 문장'을 찾다가 노트북을 덮고 누워버렸을 것이기 때문에. 글의 논지를 찾아두 거나 글을 네다섯 부분으로 나누어 요점을 적는다거나 하는 작업을 생각하게 되면 '다 때려치우고' 싶어졌기 때문에 어쩔 수 없었다.

우리의 장점에 연연해하는 것만이 우리를 책상 앞으로 데 려다주는 마법이다. 지금 당신의 단점을 보라. 그리고 단점에 게 말을 걸어라. "몸 좀 뒤집어줄래? 네 등에 내 장점이 있거 든." 누군가 말수가 적다면 상대가 이야기를 좀 더 할 수 있도 록 들어주는 여유가 있을 것이다. 잘 웃지 않는 사람이라면, 당신이 가끔 웃었을 때 누구나 믿을 것이다.

정리를 못하는 단점 뒤에는 이런 것들이 있었다. 첫째, 생 각이 너무 많음. 둘째, 작은 일에 돋보기를 대고 깊이 감동하 느라 전체를 아우를 체력이 모자람. 셋째, 다른 사람이 안 보 는 디테일을 봄. "작은 일에 크게 감동해서 그것의 자잘한 디 테일들을 아주 오래 생각하는 사람이 정리까지 잘하면 그게 더 불공평하지!" 충격받은 일은 거의 매일 생겨났고, 그것들 을 나름대로 정리하기 위해 매일 글로 묘사해야만 했다(아니 면 머리가 터져버린다!). 글쓰기는 '필요'했다. 정리를 못한다고 글쓰기를 포기한 것이 아니라, 어떻게든 해버렸다. 나는 묘사할 때 신이 나니까 묘사만 하다 만다고 해도 매일 썼다. 그리고 정말 즐거웠다.

무작정 해볼까? 철저히 계획을 짜고 시작할까?

작법서들을 찾아보니 다행스럽게 그런 방법도 괜찮단다. 글쓰기 워크숍계의 대모 앤 라모트도 이렇게 이야기했다. "작가의 벽에 막혔다면, 강박을 버리세요. 이야기 전체를 보여주겠다는 마음 말이에요. 손톱만 한 창으로 보이는 이야기, 그것에만 집중해요." 삶의 의미를 거창한 은유로 말하고 싶어 안달이 난 초보 작가들에게 그는 가차 없다. 종이 한 장에 손톱만 한 구멍을 내고 눈을 댄 뒤 보이는 것을 말하라고 한다.

흔히 작가들끼리 "써봐야 알지"라는 말을 자주 한다. 글로 써보기 전엔 작가도 글의 행로를 알지 못한다는 열린 마음인 동시에, 다 쓰고 나면 '내가 무슨 말을 하고 싶은 것인지' 깨닫게 될 것이라는 낙관이기도 하다. 많은 작가가 거창한 주제나 전반적인 줄거리보다는 '가장 써보고 싶은 상황'에서 출발한다. 자신의 기억을 씨앗으로 직관에 따라 상황을 구성해나간다. 거대한 세계관, 주제, 플롯, 철학보다는 직관과 구체적 상황 같은 것이 이야기의 단초란 이야기다. 작가의 책상을 떠올려보자. 책의 아웃라인으로 빼곡한 칠판과 인물과 배경에 대한 수백 개의 포스트잇이 붙은 벽? 그 모든 것이 준비되지 않아도 작가는 일단 쓰기 시작한다. 꿈에서도 등장하는 단 하나의 장면을. 한강에서 본(보았다고 오랜 세월 믿어온) 괴물의 모습이 봉준호 감독의 〈괴물〉을, 어느 소도시 코인세탁소 세탁 머신 뒤에, 옷장 속에, 다리 밑에 숨겨진 시체를 묘사한 한 장면이 스티븐 킹의 수많은 소설을, 중학교 시절로 돌아간 꿈의 장면이 김보라 감독의 〈벌새〉를 탄생시켰듯이 말이다. 많은 예술가가 그 단 하나의 장면을 작품 안에 넣기 위해 소설을 쓰고 영화를 만든다.

한 편의 글을 한자리에서 내달리듯 완성하면 좋겠지만 그렇지 못할 때가 더 많다. 원고지 너덧 매 정도로 장면을 세세히 묘사하고 나서도 의미를 찾지 못했다면 에버노트에 며칠 묵혀두자. 안심하라. 우리가 잘 때에도 뇌는 일을 한다. 일상에서 받는 자극들이 그 글감의 영감이 되고 살을 붙인다. 단하나의 장면을 쓰지 않았다면, 이 자극들이 어디에 붙겠는가?

정리하자면, 이야기를 써나가는 방식에는 크게 두 가지가 있다. 첫 번째는 가장 쓰고 싶은 내용부터 시작하기. 극단적으로는 단어 하나를 쓰고 마침표를 찍을 수도, 머릿속에 맴도는 누군가의 말을 옮길 수도 있다. 그중 가장 효과적인 방식은 가장 쓰고 싶은 장면을 덜컥 쓰는 것이다. 그렇게 글을 쓰면서 다음에는 무슨 내용을 쓸까 궁리하게 된다. 그때그때 집중해서 떠올리면 계단을 하나씩 올라가는 기분이 든다. 결말이 어떻게 될지, 다음 단락은 어떤 내용이 올지 나도 모른다. 예컨대 아버지에 대해 쓴다고 하자. 글의 테마, 혹은 글 전체에 흐르는 정조를 미리 결정하려고 하면 어김없이 막막해진다. 아버지에 대한 생각이 모자이크처럼 아주 촘촘하기 때문이다. 가족임에도 아버지가 어떤 사람인지 잘 모르겠다는 자조? 그럼에도 아버지에게 사랑받고 싶은 마음이 존재한다는 발견? 스마트폰에 아버지 사진이 있다면 한참 바라보라고 권해준다.

이야기의 배경을 묘사하다가 사건을 전개해나가지도 못하고 어벌쩡 끝나거나, 인물 설명을 장황하게 하다가 시간이 모자라서 묵혀둔 글을 많이 목격한다. '가장 쓰고 싶은 장면'부터 쓰고 나중에 순서를 바꾸고 고치자. 무작정 시작할까 철저히 계획을 짜고 시작할까 둘 중 고민하고 있다면? 지금 가장 쓰고 싶은 것부터 입력하자. 이런 글쓰기의 장점은 생각보다 많다.

- 말이 되지 않아도 구성이 허술해도 상관없다. 퇴고 과정에서 상황 설명, 인물 소개 등을 추가하면 된다.

- 의욕이 넘쳐 글쓰기 체력이 생생한 채로 쓰게 된다. 그러면 글쓰기를 포기하지 않는다.

- 일단 쓰기 시작하면, 불필요한 설정이 무엇인지 깨닫게 된다.

- 장기 연재물을 쓰려면 어느 정도 목차가 필요하다! 그러나 당연히 초기 구조도와 조금씩 다른 내용으로 쓰게 된다. 쓰고 나니 내가 잘 모르거나 지루한 경우가 아주 많다. 예를 들어 스물다섯 명의 각기 다른 여성들의 삶을 다룬 소설을 쓴다고 가정해보자. 스물다섯 명의 캐릭터를 모두 만들기 전에 네다섯 명의 서사를 글로 써본다. 한 명의 서사를 쓸 때는 가장 짜릿할 것 같은(가장 슬픈, 혹은 가장 즐거운) 강력한 장면부터 시작한다.

만약 쓰고자 하는 글이 소설이 아니라면? 실용서일 때 전형적인 틀은 이런 식이다. 프리랜서에 대한 책으로 예를 들어보자.

1. 프리랜서는 누구에게 맞을까

2. 프리랜서의 수입

3. 프리랜서의 장점

4. 프리랜서가 기쁠 때와 슬플 때

5. 프리랜서의 숙명과도 같은 거절에 대한 면역 키우는 방법

보통 이런 목차를 글로 쓸 때는 '설명'이 주가 된다. 게다가 처음 몇 편의 글을 써보기 전에는 '대체 내가 어떤 내용의 책을 쓰고 싶은지' 모르는 경우도 많다. 설명 형식의 틀과 달리 장면 중심의 글쓰기 방식으로 책을 쓸 때는 여러 개의 에피소드(장면)를 나열하며 목차를 만들어나간다. 그러므로 인상적인 에피소드를 떠올리는 것이 글쓰기의 시작이 된다.

주제와 소재를 확실히 정하고 순서에 따라 진행해나가는 것은 이른바 '직선 서사'다. 전형적이고 안전하다. 하지만 우연과 즉흥의 힘을 기대하기는 어렵다. 수많은 독창적 작품은 혼돈과 우연과 즉흥의 힘으로 탄생하는 경우가 많다.

콜라주 형식을
이용하기

여러 가지 헝겊, 비닐, 타일, 나뭇조각, 종이, 상표 등을 붙여 구성하는 미술 기법이 콜라주다. 이야기도 그렇게 쓰기 시작하면 된다. 머릿속을 스치는 소리, 이미지, 냄새, 인물의 말, 표정, 순간의 동작 등을 찾아서 따로따로 쓰기 시작하자. 누구나 쓸 수 있는 글쓰기 기법이다. 이미지를 떠올릴 때는 눈을 감는 것이 굉장히 도움이 된다. 꼭해볼 것!

1_ 어떤 인물에 대한 하나의 이미지를 떠올리기.
예: 그 사람의 손, 재킷의 촉감, 성긴 머리칼, 가방에 달린 녹슨 버클, 입가에 묻은 과자 부스러기.

2_ 그 사람의 행동을 서술하자. **1**에서 적은 이미지와 연관이 있으면 좋고 아니어도 상관없다.
예: 할머니는 행주로 손을 닦는다. 선생님은 가방을 꼭 끌어안고 들어온다. 친구는 늘 과자 부스러기가 붙은 입으로 수다를 떤다.

3_ 주변 환경을 묘사하며, 내가 어디에 있고 어떤 상황에 있는지를 쓰자.
예: 할머니는 마루에서 나물을 다듬는다. 나는 초조한 마음으로 친구의 전화를 기다리며 벽에 기댔다.
예: 엄마는 무를 써는 중이고 나는 옆에서 티브이 드라마를 녹화한다.

4_ 그 사람에게 늘 하고 싶었던 말을 적어보기.

5_ 당시에 그 이야기를 미처 하지 못했었다면, 그 이유에 대해 써
보자.

6_ **1~5**의 내용을 합치고 다듬은 뒤 이 이야기에 대한 내 의견을 넣
은 단락을 써서 붙이자.

콜라주 형식 활용해보기

~~~~~~~~~~~~~~~~~~~~~~~~~~~~~~~~~~~~

주제: 내가 해낸 가장 통쾌한(멋있던, 사랑스러웠던, 근사했던, 대단했
던 등) 장면에 대해 쓰기.
- 1부터 4까지 번호를 매겨서 각각 두세 문장으로 완성하세요.

1_ 그 상황이 풍기는 냄새를 묘사하기. 매캐한가? 단가? 개운한가?
밍밍한가? 톡 쏘는가?

2_ 그 상황 속 신체 부위 하나를 묘사하기.
예: 내 빨간 볼, 엄마의 놀란 눈동자, 상사의 뒤통수, 그의 등 근육 등

3_ (이 상황과 관련된 것으로) 내가 어릴 적 자주 들은(배운) 말 한마
디를 쓰기.
예: 모난 돌 정 맞는다, 좋은 게 좋은 거지, 너만 참으면 된다, 순리대로 살아라, 왜 그렇게
예민하니? 너 좀 이상하다, 너만 힘든 거 아니다, 남들 하는 건 다 해봐야지, 그거 돈 되
니? 등

4_ **1~3**까지 쓴 메모를 합치고 다듬어서 내 의견을 넣은 한 단락을
쓰기.

예 : 나는 ○○○에 반대했다, 나는 ○○○을 원했다, 나는 ○○○이 싫었다, 나는 ○○○
하기를 바랐으나 ○○은 그러지 않았다, 내게 ○○은 ○○이었다 등의 구조를 사용해 의
견과 주장을 넣으면 된다. 문장의 모양은 내 스타일에 맞게 변형하자.

콧노래란
완성할
필요가 없어서
즐겁지

— 즐거울 만큼만
　쓰자,
　고통스러워야만
　창작인 건
　아니니까

　글 한 편을 제대로 완성하는 일의 어려움을 토로하는 수강생을 자주 만난다. 그럴 때마다 매우 염려되는 표정을 지으며 속으로 이런 생각을 한다. '네, 저도 그렇습니다. 어제도 오늘도 마찬가지입니다. 노벨 문학상 수상자도 같은 고민을 하고 있을 것 같습니다.' 내가 멈칫하는 사이, 수강생이 앞서 나간다. "고통스러워야 창작이겠죠? 어려운 게 맞겠죠?"

　앗, 아니에요! 아니야아아아아아아아.

　빨간 신호등에 횡단보도를 건너는 아기 오리들을 본 듯 나는 엄청나게 저돌적으로 달려든다. 우선 수강생에게 블로

그나 인스타그램에 쓴 짧은 글, 혹은 따로 저장해둔 글을 보여달라고 요청한다.

1 / 수강생에게 조각조각 써둔 글이 있다면?

한 개의 조각 글을 길게 확장하거나, 몇 개의 조각 글을 이어서 한 편을 만들도록 지도한다. 한두 시간 안에 어떻게든 한 편을 완성해보도록 이끈다. 완성된 한 편의 글은 우리의 상상보다 훨씬 '별로'일 것이다. 그런데 어떡하겠는가? 그게 나라는 것을 인정하는 일이 창작자가 되는 첫 번째 스텝이다. 내 창작물의 남루함을 수용하고 인정하는 태도. 언젠가 빛을 발할 완성품을 그리며 오늘의 초라한 조각 글을 회피하지 않는 것. 오늘 쓸 수 있었던 '별로'인 글을 외면하지 않는 일. 나의 남루한 완성품을 매일 맨눈으로 바라보는 일. 그것이 창작자가 가져야 할 유일한 재능이 아닐까.

다시 강조하자면 창작자에게 가장 필요한 태도는 패기도 살기도 아니다. 창작이란 영화 속의 록커 스피릿, 그러니까 젊은 날의 불꽃을 화르륵 불태우고 소멸하는 것과는 전혀 다르니까. 나의 남루함을 매일 직면하면서도 멈추지 않고 나아가는 것, 그 지난함과 초라함을 덤덤하게 받아들이는 것. 그런 식의 '생활'이 창작이다. 글쓰기 생활감을 유지하는 것이다. 내 결과물이 내 머릿속에 있는 잡히지 않는 아우라만큼 멋지지 않다는 것을 매일매일 수용하는 생활, 그게 창작이다. 별로인 날과 더 별로인 날과 환희에 벅찬 날과 영원히 살고 싶어지는 날이 길게 이어져 인생이 되듯이 우리의 글쓰기도 그렇다.

2 / 수강생에게 써둔 글이 아무것도 없다면?

이 경우에는 '미루기'를 택하도록 한다. 글에 대한 부담감을 쓰레기통에 버리자고 살살 꼬신다.

글쓰기를 좋아한다면 블로그 비밀글이라도, 인스타그램에 두세 줄이라도 끄적인 흔적이 있는 게 자연스럽지 않은가. 드로잉을 좋아하는 사람은 종이가 없으면 카페 냅킨에라도 풍경이나 인물을 그리곤 한다. 요리를 좋아하면 라면 하나를 끓여도 고수를 얹어보거나 토마토를 넣어보는 식으로 이런 저런 시도를 한다.

그런데 글쓰기를 하고 싶다면서 단 한 줄도 쓰지 않는 사람을 아주 자주 본다. 간혹 '어디에도 전혀 글을 공개하지 않는다'는 비밀주의자들을 만난다. SNS 시대가 된 후로 그런 사람이 더 많아졌다. 글은 생각이므로, 내 생각을 드러내면 평가당하고 비판받을까 봐서 꽁꽁 숨기는 경우다. 마음속 글을 외부로 드러내는 일에 대한 저항감이 아주 큰 경우, 접근 방식은 달라져야 한다.

'사는 것도 어려운데, 우리 어려운 일은 나중에 합시다. 미룰 수 있는 만큼 미뤄봅시다. 재미없는 일은 내일의 혹은 한 달 후의 내가 하겠지, 뭐.' 그럴 때면 요가나 수영, 노래 등의 비유를 든다. 우리가 좋아하는 취미들을 모두 소환해온다.

나는 주로 설거지를 할 때 〈크레이지 엑스 걸프렌드〉의 뮤지컬 넘버나 걸그룹 에프엑스의 노래들을 흥얼거린다. "핫 서머 핫핫 서머. 너무 더워. 너무 더우면 까만 긴 옷 입자. 외국인에게 길을 알려주자."

3분짜리 곡을 처음부터 끝까지 완창하지 않아도 마음은 충분히 날아오른다. 그런가 하면 남편은 샤워를 할 때마다 프랑스어로 된 코미디 노래를 부르곤, 문을 열고 나오며 시치미를 뗀다. "노래 불렀지?" 물으면 "귀가 이상해요? 안 불렀어요!" 하고 거짓말을 한다(박자 감각이 없다는 것을 몹시 부끄러워하는 사람이다). 이 노래들은 완벽한 구조로 마무리되지 않았으나 즐겁다. 그런데 왜 유독 글쓰기만 그러지 못할까.

요가 학원에는 가느다랗지만 근육이 새겨진 팔에 알 수

없는 산스크리트어로 타투를 한 '힙스터 요기'들이 많다. 멋질 뿐 아니라 실력도 수준급이다. 물구나무서기 시간이 되면 나만 빼고 모두들 거꾸로 휙휙 잘도 선다. 근육도 타투도 실력도 없는 나는 그때마다 아기 자세를 한다. 하지만 즐겁다. 잘하고 싶어서가 아니라, 내 몸과 마음의 평안을 위해 요가 학원에 가기 때문에. 물론 부럽다. 베테랑들 사이에서 나의 아기 자세가 약간은 부끄럽기도 하다. 하지만 슬프거나 조바심이 나지는 않는다. 글쓰기도 요가 같으면 얼마나 좋을까.

"수영 처음 배울 때를 생각해보세요. 단숨에 50미터를 왕복할 수 없잖아요. 발차기부터 시작해서 단기목표를 세우죠. 수영장 끝에서 끝까지 딱 한 번만 자유영으로 가자, 같은 식으로요."

죽기 전에 소설 한 편을 쓰고 싶다는 수강생에게 그렇게 말했다.

"대체 한 편의 길이가 얼마큼이어야 되나요? 수영을 배우듯 조금씩 길이를 늘려가면 어때요? 문단이 정해둔 단편소설의 적당한 길이에 맞춰서 나를 몰아세우고, 그만큼 완성하지 못하면 나는 루저라고 몰아붙이지 말고, 오늘은 오늘의 소설 한 편을 써보면 어때요?"

처음부터 수영 50미터 왕복하는 사람은 없듯이 우리의 첫

소설이 '이상문학상'에 실린 단편소설과 같은 마땅한 구조와 마땅한 길이를 가질 수는 없다. 운이 좋아 그래도 죽기 전에 단 한 편을 썼다면 그게 무슨 의미일까.

처음 글을 쓰고 싶어졌을 때, A4 한 페이지 정도의 소설을 써서 인터넷 게시판에 올렸다. 이게 소설이라고 부를 수 있을까 싶어서 '7분 소설'이라고 겸손을 떨었다. "제 글이 시간을 들여 읽을 만큼의 수준은 안 되니, 7분만 투자하세요." 안타깝게도 몇 편 쓰다 말았다. 정식으로 소설 쓰기 아카데미에 다녔기 때문이다. 소설의 구조를 잡는 법, 캐릭터 설정하는 법을 길게 듣고, 여러 편의 한국 소설을 읽고, 각자 완성한 200자 원고지 100매 정도의 단편을 제출하는 수업이었다. 50명 중 단 한 명이 자기 어머니의 위대함을 찬양한 소설을 제출했다. 그 단편에 대해 50명이 한마디씩 코멘트를 하는 마지막 수업을 마치면서, 소설에 대한 흥미를 모두 잃어버렸다.

그때 그 수업을 듣지 말았어야 했다. 그랬다면 평행 우주의 나는 여전히 7분 소설 쓰기의 즐거움을 유지하고 있을지도 모른다. 조금씩 길이를 늘려갔을지도 모른다. "생각보다 쓰는 일에 재미가 없네?" 싶으면 그만두었을지도 모른다. 어떤 날은 흥분이 되어 다섯 장을 썼을지도 모른다.

글 한 편을 제대로 완성하는 것의 중요성에 대해서는 성경책이나 불경, 코란의 어디 귀퉁이에도 써 있을 것 같다. 원시인들이 살던 동굴 속 벽화에도 '완성하지 못한 것은 글이 아님'이라고 새겨져 있다는 이야기를 들었다.

너무 중요해서, 중요하다고 말하기도 민망한 말. 글의 끝을 맺는 일의 의미에 대해서는 거의 모든 글쓰기 책에서 다루고 있다. 소설이라면 단편이든 장편이든 한 번 시작한 글은 어떻게든 모양을 갖춰서 완성을 해보라는 것이다. 기사든 에세이든 논평이든 마찬가지다. '이제 끝이다'고 느낄 만큼, 완성된 구조를 갖춰 마무리해보는 것의 중요성은 너무 중요해서, 강박이 된다.

이 강박은 이제 막 글쓰기를 시작한 사람들에게 모래주머니 같다. "아아, 이걸 달고 달리면 근력이 붙는다고 하던데…… 참 좋은데…… 일단 지금은 근력이 하나도 없어서 한 발짝도 못 걷겠어요! 난 운동에 재능이 없나 봐." 글 속에 재능이 반짝이는 수강생이 이렇게 말하면 몹시 안타깝다.

누군가 밉다면
'미워 죽겠네'라고
쓴다

– 아름다운
마무리에 대한
참 이상한
강박

   '가장 사랑하거나 가장 미워하는 존재에 대해 쓰는 에세이' 과제를 리뷰하던 시간이었다. 언제나 과제를 가장 먼저 제출하던 현승의 에세이를 함께 읽었다. 일찍 남편을 잃고 홀로 자식들을 키운 어머니에 대해 쓴 에세이는 아주 솔직했다. 그래서 좋았다. 유년 시절, 길을 걷다 야채가 잔뜩 든 리어카를 끌고 다니며 장사하는 어머니를 마주치기 싫어서 일부러 먼 길을 돌아가곤 했다는 기억을 털어놓았다. 별스럽지 않은 에피소드였지만 어머니 리어카 속의 시든 야채가 화자가 느끼는 초라함과 창피함 등의 감정과 어우러져 순식간에 몰입

됐다. 어둑한 골목길에 몸을 숨기고 어머니가 사라져버릴 때까지 지켜보던 순간의 죄책감과 불쾌함이 어제 일인 듯 생생했다. 어머니가 금방이라도 자신을 알아보고 쫓아올 것 같은 두려움, 숨어 있던 골목길의 구체적 묘사, 홀로 집에 돌아가며 느낀 미묘한 울분이 섬세한 문장으로 구현돼 있었다.

어머니 캐릭터도 개연성이 있었다. 에세이는 논픽션이지만, 잘 쓴 논픽션에는 픽션처럼 분명한 캐릭터 설정이 있다. 현승의 어머니는 작은 일에 쉽게 욱하고, 큰일엔 돌처럼 무감했다. 납득이 갔다. 어린 자식들을 먹여 살리러 새벽같이 장에 나가는 사람이지만 그 사랑을 표현하는 일에는 서툴렀을 테다. 짹짹거리며 입 벌리고 먹이를 달라는 아기새처럼 무서운 존재가 아들딸이었을 것이다. 살점이 떨어지듯 쌀독은 푹푹 비었을 것이다.

"난 원래 모든 엄마가 그렇게 무섭고 무뚝뚝한 줄만 알았다. 왜 우리 엄마는 동화 속 어머니들처럼 다정하지도 않고 그토록 화만 냈을까. 지금도 화 잘 내는 사람 곁에 가면 무섭고 덜덜 떨린다. 내가 무슨 잘못을 했는지 눈치를 보는데, 그게 다 엄마 탓인 것 같다. 고단한 삶을 살아냈으니 이제는 서로 보듬으며 지내면 될 것 같은데, 여전히 어머니는 인생과 싸우듯 산다."

글을 통해 현승은 자신의 어머니도 자신의 인생도 이해하지 못하고 있다고 고백했다. 강의실 안에서 한 사람의 용기와 정직은 동심원처럼 퍼지곤 했다. 동료 수강생들이 너나없이 자신의 가족을 떠올렸다. "우리 엄마 생각나요. 저도 어릴 때 뚱뚱한 엄마를 창피해했거든요.", "저도 여전히 아버지가 미워요. 가장 증오하는 대상과 매일 아침을 먹어야 해요." 과제를 내지 못한 수강생들은 현승의 글을 읽고는 솔직한 글을 제출해왔다. 어린 시절의 고통이 성숙으로 승화되기도 하지만 때로는 흉터가 되기도 한다는 걸 모르는 이는 없었다.

드디어 현승의 마지막 문장을 읽을 때가 왔다.

"반포지효라 했다. 아, 아, 부모님의 사랑이란 하해와 같이 높다."

아……, 나는 이럴 때마다 안타까워하면서도 웃음이 난다. 예순이 넘어도 한국 사람 마음속에는 국민학교 시절 일기장 검사하는 선생님이 살아계시는 걸까?

"마무리 단락 전까지는 어머니에 대한 원망이 표현돼 있어요. 그런데 글의 끝에서 '어머니의 사랑은 위대하다'라는 문장이 갑자기 등장해요. 중간에 어떤 문장들이 생략돼 있는지 생각해볼까요?"

현승은 놀란 표정이었다. 머뭇대던 그는 겸연쩍은 표정으로 말했다.

"어쩐지…… 결말은 늘 아름다워야 할 것 같아서요."

글이든 삶이든 마무리는 어렵다. 어떤 글이든 갑작스러운 교훈으로 마무리되는 글들을 자주 보았다. 다짐형 문장도 흔하다. '~해야 한다, 나는 ~할 것이다, ~해야 마땅하다'로 의지를 불태운다. 글의 흐름을 잘 따라가던 독자는 어안이 벙벙해진다. 어린 시절 나는 일기장 쓰기에 좀 야단스럽게 성실했는데, 부모님에게 억울하게 야단을 맞은 날엔 실컷 미움을 풀어놓다가 '내가 더 효도해야겠다'로 마무리했다. 그래야 선생님의 칭찬을 받을 수 있었으니까. 《안네의 일기》를 읽은 날엔 '안네처럼 꾸준히 일기를 쓰는 어린이가 되겠다'고 다짐했으며, 크리스마스 선물을 받은 날엔 산타 할아버지의 부지런함을 존경한다고 거짓말을 했다.

나는 현승에게 물었다. 그 시절 몰래 골목에 숨었던 이야기를 어머니께 솔직하게 해보았냐고. 수십 년 지난 일임에도 그의 얼굴이 붉어졌다. "못난 자식이죠. 벌써 30년도 넘은 일인데 절대로 말 못해요. 죽을 때까지 비밀이에요." 나는 그의 말을 에세이 말미에 적어넣었다. "글의 문을 열어놓아도 돼요. 아름답게 마무리하지 않아도 괜찮아요. 정 안 되면 '아직도 잘 모르겠다. 영원히 모를 것 같다'고 심정만 표현하세요."

비슷한 사례는 많았다. 독박육아로 몸과 마음의 고통을 토로하는데도 밤외출을 즐긴 남편에 대해 분통을 터뜨린 뒤 "그래도 인연은 아름답다! 사랑하는 사람에게 최선을 다하자!"고 마무리 지은 이에게 노트북을 덮자고 권했다. 긍정적인 슬로건을 외쳐야만 버틸 수 있는 일상이 있다는 것을 모르지 않는다. 나도 자주 그러다. 하지만 글에서만은 그러지 않기로 하자고 권한다.

"글을 짓지 말고 말을 합시다." 두런두런 말을 건넨다. "남편이 여전히 미운가요? 용서가 되나요? 내가 너무 가여운가요? 그냥 친구에게 말하듯 투덜투덜 제게 털어놓으세요. 듣고 잊어버릴게요." 두런두런 말이 돌아온다. "지금도 울컥해요. 제가 혼자 참 종종거리며 살았어요. 우리 남편이 전생의 내 아내였나 봐요. 제가 어지간히 속 썩이고 빚지고 바람피운

남편인가 봐요. 제 팔자 제가 꼬았어요!" 그 말을 녹음해서 문장으로 정돈해보니 소박하지만 정직한 글이 되었다.

어떤 예술적 기교보다 읽는 이의 마음을 움직이는 게 있다. 정직함이다. 그러려면 가장 먼저 가면을 벗어야 한다. 누가 여전히 미우면 '아이고 미워 죽겠네!'라고 쓰자. 그러면 글이 펄펄 살아 뛰어다닌다. 살아 있는 글은 독자를 건드린다. "당신도, 살아계시지 그래요?"라고 자극한다. 비싼 돈 주고 간 여행이 지루했다면 '돈만 버렸다. 남들은 잘도 감동받던데 난 왜 이럴까'라고 어정쩡하게 끝마쳐도 좋다. '어정쩡체'라고 부르면서 즐거워하자. 아름다운 마무리를 위해 거짓말하지는 말자. 철든 척, 다 아는 척, 성인인 척하지 말자. 적어도 글을 쓸 때만큼은 다른 사람인 척하지 말자. 글에는 인간이 담겨야 하고, 실수하고 실패하는 것이 인간이라는 것을 누구도 모르지 않는다.

슬픔이
몰려오면
오리 목을
땄지

– 감정을
쓰기 어려우면
사람을
오래 바라보자

　"너는 조선시대 판소리꾼 했으면 잘했겠다." 친구가 말했
다. 수선스럽고 과장됐다는 말을 다정하게 하느냐, 아니면 칭
찬이냐 물었더니 두 번째라고 한다. 이야기를 하거나 쓸 때,
상대를 웃기고 울리고 들었다 놓았다 한다는 의미였다(우정
이 담긴 과대평가란 것을 나도 잘 알고 있다). 환희도 절망도 풍요
롭게 전달한다는 뜻이라면 이 은총은 외가로부터 물려받은
유산이렸다. 친가 쪽 김씨 집안 사람들은 같은 이야기도 지
루하게 하기 때문이다. 함께 모여 누군가를 험담한다 가정해
보자(물론 그들은 모든 멤버가 장로, 권사, 최소 집사인 가정이라 험

담을 하는 대신, 악인을 위해 30분 정도의 기도를 올리지만). 아무튼, 그는 헌금을 빼돌렸고, 그 사실을 은폐했고, 사람이 어찌 그리 참 악한지 모르겠고, 아마도 교인들의 사랑이 부족했던 것 같고, 그의 앞날이 걱정되고, 그 때문에 참 속상하였다, 정도의 모노톤 설명에서 벗어나지 못했다. 아니, 칭찬도 격려도 아니고, 험담만큼 화자의 발화 에너지가 고조되는 이야기가 있습니까. 험담에서조차 이러신다면 정말이지 탈락입니다.

친가 사람들과 이야기를 할 때면 (일단 목소리가 엄청 느리고 졸리기도 하지만) 무엇보다 단조로운 인물 묘사 때문에 감정 이입하기가 어려웠다. 감정선이 보이지 않으니, 대체 뭘 잡고 따라가야 할지 길을 잃어 우왕좌왕하다가 졸곤 했다. 아마 고모는 하룻밤 새 세 명과 섹스한 이야기를 한대도 모두를 숙면케 했으리라.

엄마와 큰이모를 만나 수다를 떨 때면, 이들은 연극배우가 되었어야 맞다 싶다. 그들에게는 라틴아메리카의 붉은 피가 흐른다. 설명하는 대신 묘사하기 때문이다. 연기는 말하기가 아니라 보여주기다. 팔도를 싸돌아다니며 40년간 바람을 피우다 병들어 돌아온 애들 애비를 마주한 날에 대해 오만 가지의 감정 형용사를 사용해 자신의 감정을 설명하기보다는 이렇게 말한다.

"밭에서 배추 한 접 뽑아다 죄다 씻고 절여서 밤새 김치를 담갔어. 맵고 짠 것 실컷 처먹다 가라고. 어차피 뒤지면 썩을 몸."

"환자가 그렇게 고기를 찾아. 방에 밥상을 들여주면, 쓱 보고 풀밭이다 싶으면 숟가락 내려놓고 텔레비전을 돌려. 먹기 싫다 이거지. 오리가 아주 기운이 세. 유리가루 쪼아먹어도 안 죽고 살거든. 그것들 목을 따려면, 내가 불지옥에 가도 그 죄를 다 못 갚지. 그 소리가 산에 울리고 꿈에도 울린다. 오리들 그 우는 소리."

이모의 회한과 원망과 죄책감과 인내심이 느껴진다. '저 거는 사람이 아니지만 나는 사람이라 도리를 다하고 가련다'라는 희한한 자긍심도 보인다. '악인' 캐릭터도 버릴 데가 없다. 그저 나쁜 인간이 아니라, 병에 걸려도 오리고기 한 판을 다 비우는 식탐을 지닌 입체적 캐릭터다.

그런가 하면, 엄마는 그녀의 30대를 대체 어떻게 견뎠냐는 질문에 그 시절로 타임 워프한 듯 말한다. 우선 그녀를 고통스럽게 한 인물의 캐릭터는 이렇다.

"아빠가 얼마나 못됐냐면, 긴 치마를 입고 청소를 하고 있으면 마룻바닥에 누워서 리모콘 돌리고 있다가 이런다. '펄럭

거리지 좀 마.' 내가 화를 내면 '너는 입이 커서 말이 많다' 하면서 타박하지. 그러면 나는 내 입이 그렇게 큰가, 생각했어. 그때는 내가 뭘 몰랐지."

자신의 캐릭터는 이렇다.

"하루에 에어로빅을 세 번 했어. 외출하면 눈을 흘기는데, 살 빼러 간다니깐 잘 다녀오라더라. 엄마는 어릴 때나 아줌마 돼서나 춤을 추면 마음에 붙은 찌꺼기 같은 게 씻겨나가는 것 같았어. 까무러칠 정도로 땀 흘리고 나면 그냥 아무 생각이 안 나는 게 좋더라고. 생각을 하면 잠을 못 자고 생각을 안 해야 살아지니까."

등장인물들의 성격이 입체적이다. 감정선을 따라갈 수 있다. 흔한 스토리 같은데, 구체성이 있다.

글쓰기를 배우지는 않았으나, 그들은 충분히 문학적이다. 장면이 그려지고, 인물들의 디테일한 행동을 통해 캐릭터가 선명하게 보인다. 당신들은 예술적이라고, 작가나 배우가 되었어도 대성했을 거라고 하면 그들은 대답한다. "여자가 예술적이면 마음이 고단해. 우리는 이제 다 늙었지. 네가 우리 몫까지 다 하면서, 고개 꼿꼿이 들고 살아라."

살아 숨 쉬는 캐릭터를 만날 때마다 황홀하다. '사람은 다

다르다'는 당연한 사실이 당연하지 않은 곳에서 나고 자라서일까. 분노한다 해서 모두가 아침드라마처럼 탁자 위 화장품을 쓸어버리거나 고속도로를 지그재그로 달리지 않는다. 누군가는 카카오톡 창을 한 시간 동안 바라보고 누군가는 배추를 뽑아 김장을 한다.

화라는 감정을 다룰 때, 많은 사람이 아예 입을 닫는다. 오히려 마음이 상하지 않은 것처럼 행동한다. 감정은 절제된다. 언어로 표현되지 않는다.

한국어로 된 작품에서 캐릭터들의 감정 표현은 더 치밀해진다. 실재의 한국인들이 감정을 표현하는 방식은 비언어적일 때가 훨씬 많기 때문이다. 차려준 밥상이 마음에 들지 않을 때 텔레비전 채널을 돌리며 딴청을 피운다거나, '미안해'라는 말을 하지 않는 대신 한집에 살면 '치킨 시켜줄까?'라고 묻고 다른 집에 살면 '커피 기프티콘'을 보낸다. 여기서 한번 되짚어보자. "정말 행복하다"고 말하며 함박웃음을 짓지 않는 대신 어떤 표현을 했는지. 사념을 대사(대화)로 직접 드러내기보다는 언어 밖의 것으로 묘사하는 방식이 한국어 화자의 글에서 즐겨 쓰이는 이유다.

대화를 쓸 때도 녹록지 않다. 감정을 심플하고 선명하게 드러내는 어휘를 사용하는 사람은 드물다. '정말 축하한다'는 말 대신 '좋겠네'라는 말을 쓰지만 후자를 '부럽다'거나 '질투난다'로 해석하면 오해가 발생하는 것처럼. '네가 틀렸다'는 말은 끝끝내 하지 않고 '사람들이 너보고 뭐라고들 그러니?'라고 묻는 것처럼. 돌려 말하고 비비 꼬고 감정을 직시하지 않는 언어를 더 자주 사용한다.

누군가의 감정 표현을 읽어내기 어렵다면 안젤라 애커만과 베카 푸글리시가 쓴 《인간의 130가지 감정 표현법》을 참고하자. 캐릭터의 감정 상태에 대한 몸짓이나 목소리, 행동은 물론 호흡이나 몸의 뒤틀림, 졸린 상태 등의 생체반응까지도 세세히 목록화되어 있다. 예컨대, 불안할 때 인물은 이렇게 행동한다.

눈꺼풀을 평소보다 덜 혹은 더 깜빡거린다, 손을 바짓단에 문지른다, 머리카락을 만진다, 담배를 자주 피운다, 시계를 자주 본다, 손톱을 깨문다, 기도하듯 중얼거린다, 책상을 정리한다, 메세지를 자주 확인한다.

저자가 미국인이다 보니 한국인 캐릭터의 감정 표현에는 잘 들어맞지 않는 목록이 많다. 저자들도 머리말에서 '책의 항목들은 감정 묘사의 폭을 넓혀줄 수 있다. 하지만 섬세한 관찰과 사유는 독자의 몫이다'라고 말한다. 괜찮다. 나만의 책을 만들면 된다. 우리 주변에 샘플이 널려 있기 때문이다. 다양한 인물 유형을 만나면 그들의 다채로운 행동을 정확히 기록해두자. 극사실주의 소설이 될지도 모른다.

글이 막힐 때 책을 뒤져보며 '아닌데……'라는 말로 반박하며, 보다 구체적인 기억을 떠올리면 어떨까. "아닌데…… 나는 토플 시험 전날마다 매운 떡볶이를 먹는다. 혼곤함과 불쾌한 포만감으로 불안을 돌려막기.", "아닌데…… 나는 불안할 때 끝도 없이 농담을 한다. 그래서 아무도 내 불안을 모른다. 오히려 평온할 때 무표정으로 있으면 어디 아프냐고 한다. 이 아이러니!"

사람이 다 다르다는 것만 기억하면 된다. 실재하는 인물들이 혼란스러울 때, 거들먹거릴 때, 어쩔 줄 모를 때, 짜증스러워할 때, 기쁜 일을 알리기 위해 다가올 때 어떤 표정과 목소리의 색깔을 띠는지, 어떻게 말하는지, 어떻게 움직이는지 살피자.

우리에게 타인을 바라볼 충분한 시간이 있다면, 자연스럽게 해결될 문제다.

매혹적인
캐릭터를
쓰는
법

－ 타인과
다른 점은
죄다
사랑스러운 거야

하나의 매혹적 캐릭터가 에세이 한 권을 끌고 간다. 소설
이나 드라마, 영화에서와 마찬가지로, 캐릭터도 에세이의 중
요한 요소다. 일기가 에세이가 되기 위해서는 잘 구현된 캐
릭터들이 필요하다. 독자가 에세이를 작가의 사적인 일기장
처럼 읽는다고 해도, 작가는 글의 주인공인 '나'조차 세심하
게 제련한 등장인물로 만들 필요가 있다. 그래야만 독자가 캐
릭터의 모습을 떠올리며 내러티브에 몰입해 독서한다. 매혹
적인 캐릭터가 에세이의 내러티브를 끌고 가는 것이다. 소설,
희곡 작법의 캐릭터에 대해 치열하게 연구한 작가의 에세이

가 더 재미있으리란 것은 당연하다.

이때의 '매혹'이란 '기억할 만한가'란 의미다. 공명정대하고 아름다울 필요가 없다. 작가 자신을 시종일관 모든 것에 불평하는 캐릭터로 만들어 사랑받은 빌 브라이슨을 보라. 에세이라면? 독자가 자신의 가장 허술하고 모순적인 면에 매혹되는 아이러니가 자주 발생한다.

간혹 인물을 길게 설명한 에세이들을 본다. 인물의 성격과 외모, 취향을 작가가 자세히 서술해주는 방식인데, 이런 방식은 픽션뿐 아니라 현대 논픽션에서도 '구닥다리' 취급을 받는다.

오늘날의 작가들은 인물이 스스로 자신을 '드러내도록' 한다. 작가는 수많은 정보 중에서 몇 가지를 선별해 보기 좋게 디스플레이한다. 캐릭터를 만들 때는 그가 타인과 '다른' 점에 집중한다. 호랑이가 무섭다는 사실을 내가 굳이 뭐하러 쓰나. 작가가 예민하다거나 요리사가 음식을 좋아한다는 것은, 그것이 기이하지 않는 이상 굳이 쓰지 않아도 괜찮은 것이다. 인터뷰이의 행동, 말투, 생김새, 지참한 물건 등을 눈썰미 좋게 기록하는 데 훈련된 저널리스트 출신 에세이스트에게 유리할지도 모르겠다.

이때 너무 많은 특징을 나열하면 독자가 지치고 만다. 설명 투의 지루한 인물 묘사는 독자를 탈락시킨다. 간혹 의미 없는 디테일이 정작 주목해야 할 디테일을 해치는 것을 본다. 작가가 한두 가지의 특징을 제시하면 독자는 자신이 이미 아는 이미지를 꺼내 상상한다. 처음엔 스치듯 간결하게 묘사하고, 더 이야기하고 싶은 디테일은 이야기를 펼쳐나가며 하나씩 던져놓는다. 헨젤과 그레텔이 빵 조각을 길에 떨어뜨리며 걸어가듯 툭, 툭, 툭.

소설가 정세랑의 캐릭터 묘사는 글쓰기 수업에서 언제나 인기가 좋다. 현실적이고 신경줄이 굵은, 그래서 안전한 느낌을 주는 남자친구에 대한 묘사를 보자.

우선 외모. 구체적인 키나 몸무게를 쓰는 대신 "남중, 남고에서 쓰레기 같은 급식을 먹고 자란 덩치가 신기했다. 둔한 덩치는 아니었다. 하지만 씨름을 잘할 것 같은 몸이었다"라는 식으로 작가의 세계관 필터를 거친 묘사다. 캐릭터 묘사는 그것이 외모일 때도 주관적일 수 있다. '리트리버 남'이라거나 일꾼 같은 몸이라는 지루한 외모 묘사가 아닌 이런 독창적인 문장을 쓰려면, 작가 스스로가 예민하고 독창적인 시선을 벼려야 한다.

… 남자친구는 중고 다트 기계를 몇 개 사다가 마포에 다트 바를 차

렸다. 엘리베이터가 정말 좁아서 세 명만 타도 꽉 찬 느낌이 나는 빌딩의 4층이었다. 누가 오나 싶었는데 사람들이 오긴 왔다. 남자친구네 가게에서 파는 칵테일은 기이할 정도로 표준이었다. 특별히 맛있는 칵테일도 없고 그렇다고 레시피에서 뭐가 빠져서 말도 안 되는 맛이 나는 칵테일도 없었다.

주변인들의 성격을 대변할 아이템은 무엇일지 떠올려보자. 이것은 적극적 은유다. 스티브 잡스가 죽은 뒤의 애플 같은 사람? 한신포차에서 만나 홍콩반점에서 해장할 것 같은 연애?

문화에 대한 취향도 캐릭터를 드러낼 수 있다. 이 인물은 '차태현 영화'로 기억된다. 그는 영화 로케이션 매니저다. "영화 쪽 친구들은 기함하지만 역시 난 차태현 영화가 최고인 것 같아. 차태현이 나오면 무조건 '짱'이야. 복잡한 영화를 왜 그렇게들 좋아하나 모르겠어." 차태현의 자리에 다른 영화배우를 여럿 넣어보았지만, 아무래도 차태현 영화를 대신할 수는 없었다. 고마워요, 차태현 씨.

인물을 구현할 때 대사는 정말이지, 중요하다. 전부라고 해도 틀린 말이 아니다. 현실적으로 보이고 싶은 욕심에 군더

더기 말까지 모두 넣어 길게 쓰는 경우를 보는데, 실제의 대화는 녹취록처럼 쓰여선 안 된다. 캐릭터의 성격에 맞게 재구성해야 한다. 100퍼센트의 사실이 아니라 '감정적 진실'이면 충분하다. 상당 부분 지어내서 써도 된다는 뜻이다. 캐릭터를 효과적으로 드러낼 수 있다면.

공짜를 좋아해서 평생 가족에 기대어 룰루랄라 살아간 주인공 아빠의 대사를 보자. 아빠가 컴퓨터 앞에 앉아 있다. 오래되고 느린 컴퓨터다. 화면에 펼쳐져 있는 것은 구글 지도.

나   아빠 뭐 해?

아빠   땅 찾아보고 있어.

나   무슨 땅?

아빠   우리 땅.

나   우리한테 땅이 있어?

아빠   북쪽에. 다행이다. 무슨 폐기물 처리소를 지었다더니 우리 땅이 아니네.

나   그게 무슨 우리 땅이야.

아빠   또 모르지. 나중에 줄지.

나   에에이이.

간결하고 리듬감 있으며 캐릭터를 효과적으로 보여준다. 구글 지도에 집중하며 대충 대답하므로 대사가 짤막하다.

캐릭터를 만들다보면 사람들의 '다름'으로, 세상이 참 재미있다는 생각을 한다. 같은 머리 모양의 같은 안경테를 쓴 같은 양복바지를 입은 샐러리맨들조차, 자세히 보면 다르다.

사노 요코의 캐릭터 묘사도 거침없어서 흥미롭다. 놀리고 과장하고 밀고 나간다. 자신에게조차 그렇기 때문에 공평하다. 에세이스트의 캐릭터는 그대로 책의 세계관이 된다.

⋯ 나는 고급스러운 철학 같은 건 처음부터 가지고 있지 않으므로, 신주쿠의 지하도에 뒹굴뒹굴 누워 있는 아저씨들이 부럽다. 나는 식당 테이블에 멍청히 앉아서 두 시간이든 세 시간이든 집 앞의 참억새를 바라보곤 한다. 눈썹을 움직이는 것조차 귀찮다. '지진이 나도 도망치지 않을 거야' 하고 생각한다. 장식장 안에 정리해야 할 물건들이 생각나지만 그것들을 직각으로 정리해놓는다 한들 내 마음이 정리되는 것도 아닌데 하며 그냥 둔다. 이런 내가 아들 방에 들어가면 이성을 잃고 "이 팬티는 뭐야, 그 컵은 언제부터 거기 있어. 넌 돼지니? 돼지도 시간이 되면 똑바로 일어난다" 하고 꽥꽥댄다. 나는 부지런하지 않다. 그렇기 때문에 부지런하고 싶다고 생각하고, 아들 역시 부지런하고 성실하기를 바란다.

사노 요코의 에세이 《사는 게 뭐라고》, 《죽는 게 뭐라고》 (책 제목도 참 본인다우시다)를 읽으며, 글을 쓸 때마다 브래지어를 벗어 옷걸이에 걸어두며 그 사실을 글에 쓰는 친구와 공인인증서를 못 깔아서 매번 은행에 들르는 이상한 면을 감추지 않고 쓰는 친구의 사랑스러움을 떠올린다. 에세이 속 캐릭터의 사랑스러움은 자신이 남과 다른 점을 감추지 않고 드러내는 것만으로도 충분할 때가 많다.

주변인의 습관을 눈여겨보자. 상추쌈을 먹을 때 두 눈을 꼭 감는 친구의 습관, "내 말이 틀렸니?"라고 되묻는 상사의 말버릇, 반찬통마다 내용물 이름을 크게 써서 포스트잇을 붙이는 엄마의 습관. 그것들은 무엇을 말해줄까. 평소에 주변 인물들의 특징을 (비밀리에) 메모하되 그것이 최대한의 주관이어야 한다. 당사자에게 들키면 수줍어하거나 기분이 상할지 모르니 노트를 잘 간수하자.

무언가 혹은
누군가를 객관화해보기

'나'의 게으름(혹은 부지런함)을 객관화하여 사랑스러운 캐릭터로 만들어보자. 에세이를 쓸 때 큰 도움이 될 것이다.
- 우리의 게으름(혹은 부지런함)은 '정확한 수치'로 구별되는 것이 아니다. 각각 처한 상황이 다르고, 주로 쓰는 대사가 다르므로 우리는 구별된다.

1_ 업무나 일상에서 내가 주로 게으름을 부리는(부지런했던) 상황을 떠올리자.

2_ 객관화가 어려우면 3인칭이나 높임을 뜻하는 선어말 어미 '-시'를 사용해 남처럼 묘사하자. 나를 남처럼 보기 위해 거리 두기를 하려는 목적이다. 영미권 워크숍에서는 3인칭을 쓰는데, 한국어 화자는 더 운이 좋다. 우리에겐 존댓말이 있다.

3_ '왜'를 스스로에게 묻고 '- 때문이다' 형태의 문장을 쓰자. 왜 그는 이 상황에서 게으르거나 부지런한가. 인물의 동기를 알아야만 한다. 내가 몰입한 만큼 독자로 몰입하게 된다. 그러나 기억이 '감정적'으로 다가올수록 솔직하게 쓰기 어려워진다. 자기 검열과 싸우다가 쓸거리를 포기하거나 글에 등장하는 타인이 신경 쓰인다. 기억하자. 중요한 것은 '감정적 진실'이다. 누군가 나를 알아볼지, 혹시 다른 사람을 노출시키는 건 아닌지 걱정하지

말자. 인물을 '캐릭터'로 만들면 된다. 이름과 직업을 바꿔 가상의 인물로 창조해도 된다.

4_ '감정(곤혹스러움, 호기심, 상실감, 즐거움, 갈등 등)'을 불러일으켰던 인물을 떠올리자. 그와 함께한 순간으로 들어가자. 써보기 전에는 그가 어떤 사람인지 정확히 알기 어렵다. 그렇다면 결정적 장면으로 시작하는 것이다. 언제나 시작은 나에게 특별했던 순간이다. 스치는 이미지, 행동 서술, 묘사, 대화 등 다양한 요소를 통해 장면을 풍부하게 드러내자.

발상 과정

1) 이미지 하나를 떠올린다.
2) 그의 행동을 서술한다.

   예: 검은 비닐봉지를 하나하나 열어보느라 냉장고 문을 열어둔다.

3) 그 사람에게 늘 묻고 싶던 질문을 던진다. 현실에서는 대놓고 묻지 못했던 질문이면 더 좋다. 상대의 반응도 상상해보자.

   예: 세일을 한다고 싼 물건을 여러 개 미리 사둬서 냉장고 안에 넣어두면 오히려 전기세가 낭비되는 것은 아닐까? 맛없는 음식을 여러 끼 먹어야 하면 소중한 나의 감각이 소모되는 것은 아닐까? 내가 이렇게 묻는다면 그는 ○○○○라고 답할 것이다.

쓰기 과정

1~3을 종합하되, 3)의 질문이 주제가 되도록 하여 완성한다.

글을
쓴다는 것은
나만의 우주를
만드는 일

– 맛있는 것을
  잔뜩 먹고
  키득거리며
  글을 쓸 거야

"혹시 차 가져오셨나요?"

혜민이 장난기 어린 미소를 지으며 불쑥 물었다. 오늘 처음 수업에 온 수현이 놀라 고개를 저었다.

"잘됐다! 지하철역까지 같이 걸어가요. 글 쓰고 나면 하이텐션이라 모두 다 함께 이야기하며 풀어야 되거든요!"

지난 학기 수강생 민경의 이야기도 떠올랐다.

"수업 마치고 코인노래방에 들렀다 갔어요. 도무지 집에 그냥 못 들어가겠더라고요."

학생들이 떠난 뒤 강의실 문을 닫노라면 밤의 적막을 깨뜨리는 웃음소리가 골목을 쩡쩡 울리는 것 같았다. 처음 만난 사이에도 오랜 친구들처럼 별별 이야기를 다 하는 모양이어서 때로는 부럽기도 했다. 낮 동안에 쌓인 피로와 낯선 관계의 어색함을 무너뜨리는 '하이텐션'의 정체는 대체 무엇이려나.

"바깥세상에서 하면 안 되는 말을 쏟아놓으니까 시원해요."

마땅히 해야만 하는 말, 안전한 말, 밥벌이에 쓰이는 말을 하면서 쌓인 고단함이 사라진 얼굴들. 밤 10시에 그들의 눈빛은 할로겐 전등 같았다. 저 마음을 모르지 않는다. 나다움을 인정받고 표현하는 즐거움은 몸의 피로쯤은 별것 아닌 것으로 만든다.

글쓰기 수업은 각자가 하루를 마친 끝에 진행됐다. 회사에서 얻은 모멸감이 마음을 뒤덮어도, 가정에서 받은 치욕이 몸마저 아프게 해도, 만성적 우울로 인해 해가 지면 더욱 가라앉은 마음이 되어도 수업에 반드시 참석하는 학생들이 많았다. 두 시간 수업의 절반을 넘긴 후에 문을 두드리는 학생도 있었다. 이런 메시지를 받기도 했다. "우울과 불면이 심해서 일주일째 아무것도 못하고 있어요. 그래도 수업에 꼭 가고 싶어요. 제가 집중을 못하고 산만해 보여도 이해해주시길 부탁드려요, 선생님."

마음을 온통 흩뜨려놓은 환멸과 분노, 권태와 모멸. 그런 부정적 감정들이 수업 중의 짧은 글쓰기 시간에 실타래처럼 풀려나왔다. 모국어의 옷을 입고 반듯하게 개어지는 나의 감정들. 얼키설키한 마음이 단어와 문장으로 튀어나올 때 학생들은 비로소 자기 통제를 되찾은 듯 보였다. 감정에는 죄가 없다. 부정도 긍정도 내 마음이다. 다만 나의 언어를 통해 명료해질 때 우리는 비로소 그것을 다룰 줄 알게 되고 그제야 억눌림이 사라진다. 매 수업의 끝마다 보이는 그들 본연의 웃음은 그 통제력의 환한 빛이 아닐까. 그들은 그것을 '하이텐션'이라는 소리마저 짜릿한 단어로 표현하고자 했을 것이다.

잘 표현된 감정은 인간을 해방시킨다. 어린아이들은 하이텐션을 가지고 태어난다. 과묵한 모범생으로 유년기의 나를 기억했지만, 그런 건 내게도 있었다. "다섯 살 때까지는 동네 할매들 앞에서 유치원에서 배운 춤추고 그랬어." 전혀 기억하지 못하는 과거다. 다만 내가 그 하이텐션을 끈 순간은 기억한다.

초등학교는 빙글빙글 돌아가는 재미있는 세상이었다. 신주머니를 흔들며 현관문을 열자마자 나는 빨간 머리 앤의 광기 어린 수다를 떨 수 있었다. 종일 느낀 다채로운 감정과 감각을 엄마에게 고스란히 전하고 싶었다. "엄마, 세상이 원래 이토록 아름다워요? 매일매일이 설레서 죽을 것 같아!"

말하기의 흥분을 아무렇게나 즐기고 싶었다. 설렘이 아니라 뻐근한 슬픔을 느낄 때도 나는 수다스러웠다. 나를 따라온 어린 강아지에게 어떤 이야기가 있을지 상상한 것을, 병아리를 파는 할머니를 보고 괜히 눈물이 났는데 그게 내가 이상한 아이여선지 아니면 어른에게 그런 감정을 느껴도 혼나지 않는 것인지를, 학교 담장을 손톱으로 그으며 걷는 더러운 소년에게 말을 걸어도 되는지를, 아니면 돕고 싶은 마음이 위험한 것인지를, 강아지와 할머니와 소년을 볼 때 심장 부근이 아픈 것은 내가 좋은 아이여서인지 아니면 이상한 아이여서인지를. 아무것도 아닌 이야기를 끝도 없이 말하고 싶었다.

사랑은 자주 불운이 된다. 사랑이 많은 아이가 눈치가 빠르다면 불운 덩어리는 점점 더 크게 굴러간다. 자주 슬퍼 보이는 엄마를 웃게 하려면, 불행한 가정의 일원으로서 눈치 있게 행동하려면 나의 감정을 선별해 표현해야 한다고 생각했다. 부모가 자랑스러워할 만한 일만 이야기했고 그렇지 않다고 여겨지는 것에는 입을 다물었다. 습관은 성격이 된다. "애 안에 영감이 들었네"라는 칭찬인지 안타까움인지 모를 말들. 부모를 전혀 걱정시키지 않는 아이가 가끔 소리 없이 큰 사고를 치곤 했다.

지금은 나이답지 않게 천진함이 넘친다는 소리를 자주 듣는 어른으로 산다. '하이텐션' 인간으로서의 나 자신을 감추지 말자는 것이 나의 유일한 좌우명이 되었다. 그게 내가 가장 사랑하는 글쓰기라도 예외는 없다.

'글쓰기'의 스테레오 타입 이미지인 '고통'은 언제나 탐탁지 않았다. 문학과 지성사에서 펴낸 시집마다 그려진 유명한 시인의 크로키는 왜 그렇게 마른 나뭇가지 같을까. 문학의 초상을 그린다면 많은 사람이 찌푸린 이맛살과 담뱃재가 쌓인 재떨이, 병약한 몸 등을 선택할 텐데. 구겨진 원고지 안에 갇힌 괴로운 영혼이 작가일까. 혼자가 아니라 함께 모여, 절대로 굶지 않고 맛있는 것을 잔뜩 먹으면서 (글쓰기 수업을 앞두고는 언제나 아주 맛있는 차와 초콜릿과 캐러멜, 젤리를 수북이 쌓아놓곤 했다) 키득키득 웃기도 하면서 쓰면 좋을 텐데. 그런 것은 매일매일 하고 싶어질 테니까 말이다.

"글쓰기 수업이 이렇게 웃기고 재밌는 줄은 몰랐어요"라는 말을 들었을 때 정말이지 기분이 좋았다. 수업을 준비할 때마다 쓰는 시간이 활력과 해방감을 준다는 사실을 알리고 싶었기에. 나는 그러지 못했었기에. 지금껏 글쓰기=일=돈인 인생을 살아왔다. 프리랜서 기자로 일할 때 글의 분량은 내게 곧 화폐였다. 원고지 10매는 10만 원을 뜻했다. 아무도 내게 글쓰기를 요청하지 않을 때는 한 줄도 쓰지 않아서, 쓰지 않는 만큼 나의 세계는 점점 좁아졌다. 그런 시간을 통과하면서 결과물의 완성도가 아니라 쓰는 시간의 황홀도가 나의 글쓰기 좌우명이라고 다짐하게 되었다.

마라톤이 아니라 산책으로서의 글쓰기를 원했다. "맥주, 맥주" 하며 고통스럽게 달리는 대신 맥주를 마시며 한들한들 쓰기로 했다(주의: 한 캔을 넘지 말 것). 글쓰기의 결과물로부터가 아니라, 쓰는 행위 자체에서 행복을 얻기 원했다. 요즘은 쓰는 내내 실없이 웃든가 혹은 울면서 마음을 순하게 만드는 방식으로 글 작업을 즐기고 있다. 이런 비장한 결심에 아무도 신경 쓰지 않는다는 게 글쓰기 취미의 장점이란 점도 마음에 든다. 하지만 나는 꽤 얄팍한 인간이라 가끔은 야망이 끓어오르기도 한다. "다른 작가들을 철저히 연구해 나도 팔릴 만한 대단한 글을 써볼까." 그런데 글로써 부와 명예, 인기를 얻겠다는 삿된 생각이 들면 꼭 책상에 앉기가 싫어지고 때로 기막힌 소재를 발견했다가 '이건 안 팔릴 테니까 쓰지 말까'는 생각이 드는 순간 화가 나버린다. 내가 사랑하는 소설가 정세랑이 "문단은 돈이 없는데 품격까지 잃으면 큰일"이란 요지의 말을 한 적이 있는데 그것을 내 취향으로 범상하게 변주하자면 이렇다. "돈도 안 되는데 재미도 없어야겠냐?" 오직 바라는 것은 쓰기의 찬란한 기쁨이다.

우리의 글쓰기가 이러했으면 한다. 희곡 작법을 배운 일 없이, 어린아이들이 대사를 지어 만들어내는 연극놀이였으면 한다. 힙합에 심취해 버스를 기다리는 찰나도 참지 못하고 저도 모르게 랩을 하는 중학생처럼 글을 쓰고 싶다. 대화를 나누는 내내 허벅지에 드럼 스틱을 두드리던, 직장인 밴드가 뭐라고 그것에 미쳤던 내 친구 같았으면 한다. 그렇게 도리없이 터져 나오는 글만 쓰고 싶다.

그러면 어떤 일이 생길까. 쓰는 시간이 때로는 명상 때로는 페스티벌 같아진다. 극도의 고요 혹은 극도의 흥분. 쓰는 동안 현실의 삶은 약간 모호한 색을 띤다. 배도 고프지 않고 메시지에 반응하기도 귀찮고 잃어버린 사랑도 이제는 괜찮고 내가 누구인지도 모르겠고 나아가 내가 누구라도 상관이 없는 그런 상태. 글 속에 등장한 '나'와 사랑에 빠지는 그런 황홀경. 온전히 그 세계 안에서 유영하고 싶다. 그렇게 황홀한 상태를 맛보면, 누가 시키지 않아도 매일 일기를 쓰게 된다. 글을 쓰는 몸이 된다. 자다가 일어나 쓰게 된다.

글을 쓴다. 공고한 비밀 우주를 하나 만든다. '바깥세상'은 이 우주의 벽 안으로 절대 들어오지 못한다. 누구도 나를 내 허락 없이 해칠 수 없다.

에세이에
거짓말을
써도 되나요

– 허구와
픽션
사이에서

에세이에 가족이나 지인의 이야기를 넣는 것이 너무 조심스러워서 아예 안 쓰게 된다는 고민글을 보았다. 타인과의 대화를 글로 옮기고 싶지만 실제와 다른 내용을 쓰게 될까 봐 망설여져서 글에 대화를 전혀 넣지 않는 경우도 많이 보았다. 이런 고민들은 모두 타당하다. 타인의 이야기를 함부로 인용하거나 묘사하게 되는 것을 주의하겠다는 조심성은 더 재미있는 글을 쓰겠다는 욕망과 함께 가야 하는 게 맞다. 글쓰기 플랫폼 전성시대를 맞아 많은 사람이 자신의 실제 삶을 글로 퍼블리싱하게 된 요즈음, 가장 필요한 태도인 동시에 가장 간

과되기 쉬운 태도가 바로 이 섬세함이다. 하지만 이렇게 주의 깊은 이들이 특유의 섬세함으로 나와 타인의 이야기를 모두 글에 녹여낼 수 있다면 얼마나 아름다운 에세이가 탄생할지에 대한 기대감을 버릴 수 없다.

논픽션과 창의성 사이의 갈등

순도 100퍼센트의 허구라는 대중의 오해가 무색하게 수많은 픽션이 자신의 인생사를 기반으로 쓰인다. 호르헤 루이스 보르헤스의 《픽션들》처럼 사실과 허구가 서로 뒤섞인 글, 경험담과 지어낸 이야기가 넘나드는 글도 존재한다.

실제와 허구의 경계를 날렵하게 넘나드는 픽션 작가들에 비해 논픽션을 쓰는 사람들은 그 경계에 대해 무척 예민한 듯하다. 가짜 회고록에 대한 루머가 불거질 때, 논픽션 작가들의 경계심은 더욱 깊어진다. 글 속 모든 요소가 엄밀히 정확할 때에만 '논픽션'이라고 부를 수 있다고 생각하는 작가들도 있다. 하지만 글쓰기는 문장을 쓸 때마다 결정을 내리는 일이다. 논픽션 글을 쓸 때 문장 하나마다 그것이 순도 100퍼센트의 사실임을 증명해야 한다면 글쓰기는 얼마나 피로한 일이 될까.

실재하는 인간관계에 해를 입히지 않기 위해 주의하는 것이야 마땅하지만 그 결벽증이 나아가 '사실이라고 검증할 수 없는 것은 단 한 줄도 쓰지 않겠다'는 다짐이 된다면 아쉬울 뿐이다. 간혹 오랜 시일이 지난 일에 대해 대화나 묘사 부분을 뭉뚱그린 글을 과제로 받는 경우가 있다. 사건에 대한 자신의 감정은 상세히 묘사되어 있다. "제 감정이라서 제가 책임질 수 있으니까요." 우리는 경찰서 조서를 작성하는 게 아니다. 그렇게까지 결백해질 필요는 없다. 윤리적으로 당당하되 창의성을 맘껏 발휘하는 작가가 되기를 바란다.

그들에게 "사실에 기반하되 상상력의 도움을 외면하지 말 것"이라는 조언을 권한다. SF 소설가이자 영화 칼럼니스트인 듀나의 말이다. 그의 말처럼 소설 쓰기의 스킬을 적극적으로 활용해 에세이(논픽션)를 쓰는 사람이 좋은 작가다. 많은 작가가 논픽션에 다소 불명확한 지점이 있다면 더 나은 글을 위해 지어낸 것으로 채워 넣어야 한다고 주장한다. 나아가 글의 전체적 진실을 뒤흔들지 않는다면 세부 디테일을 원하는 대로 바꾸는 경우도 많다.

논픽션도 창작이며 쓰는 사람은 창작물 안에서 마음껏 자유롭게 놀아볼 수 있어야 한다. 독자를 속이기 위해 내용을 조작하는 게 아니라면 무엇이든 가능하다. 집중할 것은 되레 따로 있다. "당신이 쓴 장면에 공백은 없나요?" 그럴 때 활용할 이른바 '짐작컨대' 기술을 소개한다.

'추정'은 에세이스트의 도구

기억나지 않는 것에 대해서도 서술해줘야 이야기의 균형이 잡히고 독자가 상황을 이해할 수 있다. 내 경우 나 자신에 대한 것을 쓸 때는 픽션의 요소를 적극 활용한다. 당시의 내가 할 법한 말이나 옷차림 같은 사소한 것들을 그럴듯하게 지어서 쓴다. 타인에 대해 쓸 때는 조심스럽다.

짐작컨대-/추정하건대-/-일지도 모른다/내가 알기엔/ 내 기억이 정확하지는 않지만 -였을 것이다/아마도 -였을지 모른다/-에 대해 내가 잘 기억하지는 못하지만 아마도 -였을 것이다/-에 대해 확신할 수는 없지만/내가 아는 것은 -뿐이다/-일 수 있지만/-일 가능성이 더 높다 등을 활용해보자. 이런 어구는 해당 내용이 상상이나 창작이란 것을 전달하면서, 세부 내용을 통해 글의 분위기는 충분히 제시한다. 독자를 속이지 않고도 작가의 감정과 생각을 받아들이게 하는 좋은 장치다.

논픽션 쓰는 법

1. 과거의 중요한 사건을 꺼낸다.

2. 직접 겪은 이야기를 기반으로 쓰되 이야기 안에 '사실이 아닌 것'을 일부 넣어보자. 넘겨짚은 것이건 전해 들은 것이건 몽상에 의한 것이건, 일어날 법한 일이든 일단 넣자.

3. 미처 기억하지 못하는 디테일(표정, 행동, 대화, 말투 등)을 지어서 넣자.

4. **2, 3**을 쓸 때는 그것이 창작이라는 것을 제시해야 한다. 또한 전체 스토리에 맞게 그럴듯해야만 한다. 지어서 넣은 요소들을 통해 이야기의 주제는 선명해지고 재미는 풍부해질 것이다.

명명백백한 사실 < 감정적 진실

증오하는 사람보다 좋아하는 사람에 대해 쓸 때, 사실 관계를 틀리지 않기 위해 긴장하게 된다는 사실은 흥미롭다. 특히 가족이나 연인처럼 몹시 가까운 사람에 대해 쓸 때는 글이라는 매체의 한계를 떠올리게 된다.

자전적 이야기에 기반한 영화 〈벌새〉의 김보라 감독과 가족과 성적지향 등에 대해 자전적 이야기를 해온 작가 앨리슨 백델(백델테스트를 만든 그 백델이다)의 대담 중 한 부분을 인용하겠다.

백델 내 가족 중 누군가가 나에 대해 쓴다는 건 상상할 수도 없다. 내가 어머니나 아버지에 대해 긍정적으로 쓴다고 해도 그건 명백한 '침해'다. 그들을 이야기 속 캐릭터로 만들기 위해 인물을 단순화시키고 온전한 인격의 일부를 제거할 수밖에 없다.

백델의 말대로 글에서 실존하는 한 인간의 복잡다단한 인격을 모두 보여줄 수 없다. 그러므로 김보라 감독의 말처럼 '가족에 대해 쓴다는 것은 심미적이고 문학적이며 심리적인' 것이 된다. 사실을 날것 그대로 보여주는 것이 아니라 사실을 기반으로 감정적 진실을 추구하는 일에 가깝다.

기억하자. 중요한 것은 '감정적 진실'이다. 자기 검열과 싸우다가 지쳐 쓰기를 포기하는 것보다 현실이 아닌 진실을 쓰는 것이 낫다.

인물 1과 인물 2를 섞고 그래도 불안하다면 다른 신체적 특징, 목소리 톤, 표정, 몸짓, 나이, 성별을 집어넣어 새로운 캐릭터를 만들어 보면 어떨까.

우리의 기억이란 우리가 진실이라고 굳게 믿는 거짓말이란 말이 있다. 뇌는 과거의 기억을 떠올릴 때마다 사건을 적극적으로 재조직한다는 사실은 과학적으로 입증됐다. 사람들은 기억에 그때그때 새로운 정황을 부여하며 새로운 의미를 만들어내고자 한다. 그러므로 논픽션 쓰기에 필요한 것은 놀라운 기억력이 아니라, 내가 기억에 무엇을 부여했는가다. 무엇을 기억하느냐가 아니라 왜 그렇게 기억하느냐가 중요하다는 이야기다. 역사가가 아닌, 논픽션 작가가 글쓰기를 통해 진실을 찾아가는 방식이다.

오늘 글을 쓰기 시작한 당신에게

글쓰기에 대한 당신의 사랑과 성실성은 세상에 반드시 알려져야 할 진실을 알리는 데에 잘 쓰이고 있어요.

나의 목소리는 누군가의 목소리가 됩니다. 누군가 당신의 글을 읽고 자신의 경험을 이야기하게 될 거예요. 경험에 대한 사유, 그 투쟁을 멈추지 않는 당신을 응원합니다.

힘들거나 아픈 날에는 쉬엄쉬엄 가도 되니 염려 말아요.

함께, 천천히, 나아가요.

초판 1쇄 발행 2020년 8월 31일

지은이 소은성
펴낸이 권미경
편집 임나리
마케팅 심지훈, 강소연, 김재영
디자인 어나더페이퍼
펴낸곳 ㈜웨일북
출판등록 2015년 10월 12일 제2015-000316호
주소 서울시 마포구 월드컵로32길 22 비에스빌딩 5층
전화 02-322-7187 **팩스** 02-337-8187
메일 sea@whalebook.co.kr **페이스북** facebook.com/whalebooks

소중한 원고를 보내주세요.
좋은 저자에게서 좋은 책이 나온다는 믿음으로, 항상 진심을 다해 구하겠습니다.

「이 도서의 국립중앙도서관 출판예정도서목록(CIP)은
서지정보유통지원시스템 홈페이지(http://seoji.nl.go.kr)와
국가자료공동목록시스템(http://www.nl.go.kr/kolisnet)에서 이용하실 수 있습니다.
(CIP제어번호 : CIP2020032304)」

저작권 허가를 받지 못한 이미지에 대해서는 추후 저작권이 확인되는 대로 허가 절차를 밟고 계약을 진행하겠습니다.